Des gens tout simples

Collection dirigée par Claude Gutman

Couverture Jeffrey Fisher

ISBN : 2-02-022892-0
N° 22892-1
Dépôt légal : septembre 1995
Loi 49-956 du 16 juillet 1949
sur les publications destinées à la jeunesse

895.	Feng, Jicai (1942 – ....).
1301	Des gens tout simples : nouvelles / Feng Jicai.
FEN	– Paris : Éditions du Seuil, 1995. – 120 p.; 20 cm.
	Nouvelles chinoises – 20e siècle. Philosophie chinoise – Depuis 1970.
	Valeurs (philosophie) – Chine – Depuis 1970.

Feng Jicai

Des gens tout simples

Traduit du chinois
par Marie-France de Mirbeck

Ouvrage traduit avec le concours du
Centre national du livre

Seuil

À bas les intérêts privés,
la collectivité d'abord !

Au début de la Révolution culturelle, les gardes rouges, sur ordre du président Mao, se sont attaqués à tous les intellectuels du pays, écrivains, enseignants, chercheurs, médecins… ainsi qu'aux responsables locaux du Parti. Ils les ont humiliés, torturés, parfois jusqu'à la mort, et ont pillé leur maison.

Dans la ville où se situe cette histoire, les gardes rouges avaient entassé le produit de leur pillage dans une église vide qui avait déjà été dévastée quelque temps auparavant. Tous les objets de valeur saisis par les gardes rouges devaient être « rendus » à l'unité de travail dont dépendait leur propriétaire. Vous ne l'ignorez pas : chaque travailleur chinois, quelle que soit sa profession, appartient à une unité de travail. Le comité de quartier des gardes rouges était chargé de mener à bien la redistribution prévue. Mais la tâche se révélait difficile, car les meubles, vêtements et tous les objets confisqués avaient été entassés en désordre dans l'église. Comment savoir exactement à quelle unité de travail restituer ces effets puisqu'on ne savait plus qui en était le propriétaire ? Les gardes rouges avaient donc ordonné à toutes les personnes qui avaient été dépouillées de venir reconnaître leurs affaires.

Ces malchanceux, qui ignoraient le but de la manœuvre, avaient reçu l'ordre d'attendre debout devant l'église. Le chef des gardes rouges chargé de gérer et de surveiller l'entreprise était juché sur une vieille malle branlante. Et, du haut de ce piédestal, il dirigeait les opérations.

Un miroir enveloppé d'un tissu fut apporté de l'intérieur de l'église. Le chef se mit à crier :

– À qui est-ce ?

Une vieille dame, dont la maison avait été dévastée, répondit :

– C'est à moi.

Alors le chef hurla :

– Quoi ! Tu oses dire que c'est à toi ! Mais c'est au peuple, tu entends, c'est au peuple que cela appartient ! Tu parles en contre-révolutionnaire !

On apporta ensuite un garde-manger en métal et le chef hurla de nouveau :

– À qui est-ce ?

Un vieux monsieur, dont la maison avait été saccagée, répondit :

– C'était dans ma maison.

Le chef l'injuria en hurlant :

– Vieux chien puant ! Ceci est le sang et la sueur du peuple travailleur ! Tu n'as pas honte ? Tu oses dire que c'était dans ta maison ! Tu rêves, espèce d'abruti, réveille-toi !

Chaque fois qu'un objet était sorti de l'église, la même scène se reproduisait. Ces pauvres gens étaient obligés de répondre, puis ils se faisaient injurier en baissant la tête pour ne pas aggraver leur cas. Ils devaient supporter toute cette humiliation pour finir par voir leurs affaires confisquées par les gardes rouges. Il faisait un froid pénétrant. Un vent glacial les transperçait. Leurs visages étaient livides ou verdâtres. Ils s'étaient regroupés pour se réchauffer. Mais, dans ce groupe, il y avait un homme qui se tenait très droit, vêtu d'un manteau matelassé de coton élimé. Son visage était rouge et luisant, comme huilé. Il observait la scène de ses yeux vifs et railleurs. Contrairement aux autres, il n'avait pas l'air abattu ni démoralisé, pas le moins du monde. Cet homme, qui avait tout perdu, ne paraissait guère soucieux. Il possédait certainement un secret qui lui permettait de surmonter cette épreuve. On sortit de l'église un bon manteau de cuir avec un col de loutre. Le chef brandit le manteau et hurla :

– À qui est-ce ?

Le grand type au visage rouge fusilla le chef du regard et répondit sur-le-champ d'une voix retentissante :

– Autrefois… c'était à moi !

Plus tard, ces objets, ces vêtements, ces meubles ont été rendus à leurs propriétaires… du moins quand ils étaient encore en vie.

Le chant du bateau

Enfants, nous étions quelques-uns à nous retrouver chaque jour à la même heure sur la plage et, sans un mot, l'air grave, nous cherchions à repousser vers la mer un bateau échoué là. Sa proue se tendait désespérément vers l'océan immense tandis que sa poupe, profondément enlisée dans le sable boueux, semblait souffrir d'être ainsi prise au piège. De lourdes grappes d'algues sèches et décolorées s'accrochaient aux planches disjointes de ses flancs ainsi que des coquillages, dont les bords tranchants nous écorchaient les mains. Aucun de nous ne se plaignait. Arc-boutés, les deux bras contre la coque, le regard tendu vers la mer, nous poussions ce bateau de toutes nos forces, obstinés. Après plusieurs semaines d'efforts, nous étions parvenus à le déplacer de quelques mètres. Le sillon de la veille se remplissait d'eau où se reflétaient la lumière claire du ciel et les nuages.

Et puis, un jour, il y eut une grande marée. Notre bateau fut emporté par une vague énorme, dans un vacarme effrayant. Debout, de l'eau jusqu'à la taille, nous l'avons regardé s'éloigner, ballotté par les flots tumultueux. Nous l'avons suivi du regard un moment sans rien dire et, soudain, nous avons tous pleuré.

Tous les détails de cette scène m'ont profondément marqué. Mais aujourd'hui encore, je n'ai toujours pas compris pourquoi nous poussions ce bateau et ce qui nous avait fait pleurer.

Je t'ai connue à travers une suite d'étranges circonstances, par un hasard unique. Comme si un destin pointilleux nous avait condamnés à nous rencontrer, toi et moi.

Il a fallu que ce jour-là, désœuvré, je me décide à rendre visite à un de mes amis peintre. Je le savais aussi triste et désemparé que moi. Et j'espérais rompre ainsi ma propre solitude. Je l'ai trouvé sur le pas de sa porte. Sa détresse et sa mélancolie étaient si violentes que les médecins avaient décidé de le soigner dans un hôpital psychiatrique. À l'instant précis où j'arrivais chez lui, on l'emmenait. Il m'a expliqué qu'il allait faire une exposition de peinture au paradis. Il m'a écarté, il a fait quelques pas dehors, puis il est revenu et il m'a dit :

– Il faut que tu aides quelqu'un, une femme.

Juste ces quelques mots. Il a répété ce manège plusieurs fois, partant et revenant sans cesse, pour prononcer enfin le nom et l'adresse de cette femme. Finalement quelqu'un l'a emmené.

Il est mort le jour même de son entrée à l'hôpital, se tuant dans un accès de démence.

À son enterrement, devant son portrait, je réfléchissais à ses projets au paradis. Il n'était pas sûr de jamais exposer ici-bas. Mais, dans un demi-siècle, ses contemporains pourraient admirer sa peinture… au paradis. C'est cette solution qu'il avait choisie, pensais-je.

Pour moi, les dernières volontés d'un homme qui désespère à ce point du monde étaient sacrées. Et je suis allé chez toi dès le lendemain.

Une femme m'a ouvert. Quand je lui ai expliqué la raison de ma visite, ses yeux se sont remplis de larmes. Sur la nappe blanche se détachaient deux morceaux de crêpe noir. J'ai compris qu'elle savait tout. Pourquoi n'était-elle pas à l'enterrement et à qui appartenait le second crêpe ?

Elle devait avoir à peine quarante ans. Mais, sous la masse sombre de ses cheveux en désordre, des ombres sur son visage trahissaient des années de souffrances répétées. Elle avait l'air épuisé.

–Il ne fallait pas vous déranger pour moi…

J'ignorais tout de son histoire et cette réflexion ne m'en apprenait guère davantage.

Elle avait contenu ses larmes. Ses yeux étaient redevenus secs. Plus tard, j'ai su que c'était sa façon de pleurer. Où trouvait-elle la force de se dominer ainsi ?

Elle m'a dit qu'elle n'avait plus de travail.

–Notre entreprise donne du travail à faire à domicile, il suffit de savoir un peu dessiner… pour peindre des signets.

–En fait, je suis pianiste. Mais quand j'étais jeune, j'aimais bien dessiner… malheureusement, les résultats n'étaient pas brillants ! Je crains de ne pas y arriver…

–Ce n'est pas difficile, ai-je répondu, encourageant. Il faut essayer, je vous enverrai des modèles et du papier demain, d'accord ?

Elle a souri doucement, chassant ainsi les ombres qui brouillaient son visage. Je désirais vraiment lui venir en aide.

–On dirait que quelqu'un marche sur le toit… C'est dangereux, cela peut l'abîmer…

–C'est ma fille, il y a des tuiles cassées et elle les recouvre d'un feutre de bitume.

–Si elle se contente de le poser, ça ne va pas tenir. Je vais voir, je m'y connais…

Je suis allé sur la terrasse, j'ai levé la tête et je t'ai vue, assise sur la pente du toit, baignée d'un soleil éblouissant. Tu flottais dans une grande salopette dont le bleu tranchait sur le rouge des tuiles. Tu étais couverte de poussière. Des pigeons t'entouraient. Tu ressemblais à une petite colombe blanche et sale. Tu tenais maladroitement un morceau de feutre trop grand et trop lourd pour toi. Je t'ai souri.

– Ce monsieur veut t'aider, a crié ta mère.

– J'arrive, je m'y connais !...

J'ai sauté sur le toit et je t'ai rejointe à grandes enjambées sur les rangées de tuiles. À mon arrivée, les pigeons familiers se sont éparpillés pour se poser aussitôt un peu plus loin. Je t'ai ôté le feutre des mains. Tu m'as souri avec gravité. Puis tu m'as observé comme on observe un paysage, sans précautions, sans crainte, de toute ton âme. À cette époque, qui osait encore regarder un inconnu sans méfiance ? Plus tard, je me suis aperçu que tu regardais tout de cette façon. Mais quand tes yeux se portaient sur moi, je devenais transparent et le monde s'illuminait.

Votre pendule était arrêtée sur dix heures. J'ai pensé qu'elle était cassée et je vous ai proposé de la faire réparer. Ta mère m'a répondu qu'elle n'était pas cassée. Peut-être suffisait-il alors de la faire graisser, un de mes amis pouvait s'en charger.

– C'est inutile, m'a répondu ta mère, elle ne

marche pas, simplement parce que nous ne la remontons pas.

J'ai compris que, de cette façon, vous aviez fixé un moment du passé, pour l'éternité. Vos yeux s'étaient remplis de larmes que vous avez immédiatement refoulées. Tu pleurais comme ta mère. Vous êtes restées silencieuses. Je n'ai plus posé de questions. Je savais comment détourner les chagrins. Alors je vous ai raconté des tas d'âneries jusqu'à ce que vous éclatiez de rire.

Ta mère n'avait pas réussi à faire le travail que je lui avais proposé. Elle ne savait pas tracer deux traits droits… Vous passiez vos journées à de menus travaux : balayer la maison, transporter du charbon, coller du papier aux fenêtres, faire de petits rangements, réparer avec des clous les pieds des tables et des chaises. J'aurais dû vous aider dans toutes ces tâches, d'autant que j'étais un bon bricoleur. Mais vous ne me demandiez jamais rien. Dès que j'arrivais, vous arrêtiez toute activité, vous me faisiez asseoir tranquillement et vous me racontiez par le menu les misères de votre vie.

J'étais heureux de pouvoir parfois vous suggérer des solutions. Mais les problèmes que vous rencontriez étaient le plus souvent insolubles. En les évoquant, ta mère semblait écrasée sous le poids d'une charge trop lourde. Un paquetage rempli de ferraille qui la meurtrissait. Un sac bourré de souffrances. J'ignorais de quoi elles étaient faites. Tu me regardais alors d'un air affolé, cherchant mon aide. Vous ne me demandiez pas vraiment de résoudre vos difficultés. Vous attendiez simplement de moi que j'en souligne l'absurdité, que je les transforme en sujets de plaisanterie.

– Quand vous êtes monté, que vous a dit la grosse dame du deuxième ? me demandait ta mère.

– Elle s'est souciée de savoir si j'avais déjeuné… C'est vraiment très aimable de sa part !

– Pas possible ! Comme elle est responsable de l'ordre dans l'immeuble, dès qu'elle voit un homme monter chez nous, elle lui fait subir un véritable interrogatoire. Un jour où j'étais malade, le docteur est passé et elle s'est précipitée ici pour lui demander sa carte de travail !…

J'avais fait une grimace et émis une hypothèse en riant :

– Je sens que d'ici un an, chaque foyer devra abriter un bonhomme qu'on appellera « grand-oncle de la famille ». Il vivra en permanence avec sa famille d'adoption et sera chargé d'examiner les expressions, les comportements et les humeurs de chacun. Il notera toutes vos paroles et même celles que vous prononcerez en rêvant. Tous les quarts d'heure, il vous demandera à quoi vous pensez. Et quand quelqu'un viendra vous voir, il devra enquêter sur sa vie, sa santé, son passé et la vie de ses ancêtres jusqu'à la huitième génération !...

– Mais cela doit être très difficile ! t'es-tu exclamée en ouvrant de grands yeux incrédules.

Tu étais d'une naïveté désarmante.

–Mais pas du tout !... Les grands-oncles reçoivent une formation très spéciale. Et on m'a même raconté que le premier exercice de leur entraînement est d'apprendre à distinguer, au bruit de son pet, si un homme est heureux ou non !

Vous éclatiez de rire toutes les deux. Puis vous repreniez votre calme, échangiez un regard et vous remettiez à rire de plus belle. Enfin tu te jetais dans les bras de ta mère en disant : « Je n'en peux plus ! Je n'en peux plus ! »

Vous n'attendiez rien d'autre de moi. Et cela m'était si facile...

À nouveau l'image de ce bateau échoué. Le jour où nous l'avons découvert, il gisait sur le flanc comme une bête blessée, sur la plage déserte. Le soleil brûlant faisait craquer ses planches. Ces craquements nous ont effrayés. Sans nous concerter, nous avons couru jusqu'à la mer et rempli d'eau fraîche nos mains jointes. Nous sommes revenus le plus vite possible pour arroser le bateau des quelques gouttes que nous avions réussi à conserver entre nos doigts serrés.

Pendant des heures, chaque jour, nous avons fait ainsi, sans faiblir, des allers et retours incessants entre le bateau et la mer. Nos petites mains blanches de sel se desséchaient à transporter cette dérisoire quantité d'eau transparente. Sur le sable, les empreintes de nos pieds en file se remplissaient d'eau. D'où venait notre ardeur ?

Mes dessins, je ne les montrais jamais. Il me semblait que personne ne pourrait les déchiffrer. Moi seul en possédait le secret. Pourtant, tu les avais compris et aimés.

Celui-là, par exemple : de grands traits violents à l'encre noire traversaient toute la moitié d'une feuille dont l'autre partie, blanche et vide, était simplement ponctuée d'une tache noire qui s'épanouissait dans le silence. J'avais imaginé que tu n'y comprendrais rien.

Et cet autre : un paquet de cigarettes vide que j'avais dessiné avec le réalisme d'une photographie. Un vrai trompe-l'œil... Je craignais que tu ne te moques de mon manque d'imagination, de mon vide intérieur.

Et ce dernier, assez mélancolique : une forme étrange et mouvante, suspendue dans le vide. Comme un oiseau bizarre planant le ventre en l'air. Il aurait pu te paraître absurde. Bien au contraire, tu y avais vu un oiseau à bout de forces, trop épuisé pour continuer à voler.

Je t'écoutais, ému et silencieux. Tu m'avais regardé et tu avais dit : « C'est toi que tu représentes dans tous ces dessins. » Tes réflexions m'étonnaient. Tu étais si jeune ; je pensais que tu ne savais rien de mon amertume, de ma solitude, de mon passé plein d'échecs. Comment les avais-tu perçus ?

Je t'avais toujours considérée comme une enfant candide et ignorante des réalités de la vie. Je me trompais. Tu avais compris beaucoup de choses.

Aujourd'hui encore, je revois la pièce sombre et délabrée que vous habitiez. Elle ne pouvait être plus petite. Contre un mur, un piano toujours caché sous une couverture grise. Contre l'autre, une bibliothèque transformée en buffet. Les étagères du haut étaient cachées par un rideau bleu à petites fleurs. Celles du bas étaient bourrées de livres recouverts de papier journal afin qu'on ne puisse en lire les titres. Je comprenais pourquoi. Au milieu, une petite table carrée et trois tabourets. Pas moyen de caser deux lits dans l'espace restant. Vous aviez des lits superposés. Toi, la plus légère, dormais en haut. À la tête de ton lit, une fenêtre minuscule, pas plus grande qu'un livre ouvert. La plus petite fenêtre que j'aie jamais vue. Mais une fenêtre quand même parce qu'on y voyait la lumière, un coin de ciel clair, le bout d'un nuage, la pluie, le brouillard et la nuit, deux ou trois étoiles. Elle laissait passer la chaleur torride en été et le froid glacial en hiver. On y apercevait aussi le feuillage d'un grand sophora dont la couleur changeait au gré des saisons. Parfois, la vapeur, le givre ou la pluie y dessinaient des arabesques comme au pinceau. Des œuvres uniques, éphémères. Tout y était réduit, mais tout y était. Tu disais que cette fenêtre était comme un calendrier. Que le jour de ton anniversaire, les oiseaux du grand sophora venaient t'y réveiller à l'aube…

Tes réflexions me faisaient souvent rire. Je t'avais demandé si tu aimais la poésie, si tu avais envie d'apprendre à dessiner, à peindre, à jouer du piano. Tu avais immédiatement refusé en secouant la tête avec violence et une étrange nervosité.

Un jour où ta mère n'était pas encore rentrée de l'atelier de quartier où elle cousait des boutons, tu m'as soudain avoué que mon ami peintre qui s'était suicidé était ton père. Je suis resté silencieux longtemps. Je ne pouvais pas ne pas te croire. Tout ce que tu disais était forcément vrai.

Tu as prononcé une autre phrase, toute simple, pour tenter de m'expliquer : « À cause d'une histoire d'amour ».

Et puis, comme si tu craignais que je ne donne à ces mots un sens vulgaire et facile, tu as réfléchi et tu as ajouté comme une excuse : « Ce violoniste était vraiment exceptionnel. »

Puis tu t'es enfermée dans le silence comme si tu n'allais jamais en sortir. Tu regrettais certainement de m'avoir fait cette confidence. Tu n'as plus rien dit. Je ne t'ai rien demandé.

Malgré moi, une histoire s'est forgée dans ma tête, une histoire douce et âpre. Celle d'une pianiste qui tombait amoureuse du violoniste génial de l'orchestre. Le mari de la pianiste, malade de chagrin, la quittait. La pianiste était renvoyée de l'orchestre. Sous la pression, le violoniste abandonnait alors la femme qu'il aimait. Ainsi ta mère avait tout perdu. Elle ne pouvait plus faire de musique ni de piano. Et seule désormais avec sa petite fille, elle tentait de survivre. Mais son passé ne la lâchait pas, ne la lâcherait jamais. Elle paierait jusqu'à sa mort sa dette envers la société.

Cette histoire que je venais d'inventer ressemblait à un mauvais roman. Mais j'étais sûr, à quelques détails près, qu'elle correspondait à la réalité. Pourquoi mon ami peintre avait-il gardé le secret ? Même à la veille de sa mort, il ne m'avait rien confié. Il aimait ta mère. C'était tragique, mais c'était ainsi.

–Je suis vraiment très ému, t'ai-je dit,

l'amour, il n'y en a pas de juste ou de faux, il n'y en a que de vrai…

Tes yeux ont retrouvé leur éclat. Si je n'avais pas ajouté cette réflexion, tu ne m'aurais sans doute pas avoué que l'heure à laquelle était arrêtée votre pendule était celle où ton père vous avait quittées un soir, pour toujours, à dix heures.

J'ai fini mon verre de vin et je me suis levé pour partir, quand mon père s'est étonné :

– Mais le réveillon, ça se fête en famille !… Où vas-tu donc ?

J'ai jeté un coup d'œil sur le petit réveil posé sur la table : il marquait dix heures moins le quart. J'ai enfilé mon manteau et je suis sorti, un peu excité.

Tout le monde était réuni pour célébrer le nouvel an. Mais, cette année-là, pas de lumière, pas de pétards. Interdiction décrétée par les autorités prétendant que le bruit et la lumière risquaient d'attirer des avions ennemis qui nous attaqueraient par surprise !…

Dans le silence pesant de la rue, j'ai soudain entendu : « Mon dernier bouquet… Qui veut mon dernier bouquet ? » Une femme se tenait sous le réverbère de la rue glacée et vide. Et dans la lumière scintillait une gerbe de saule argenté, légère, duveteuse, neigeuse. Comment ne pas acheter ce dernier bouquet ? Il n'y avait jamais de fleurs chez vous. C'était un endroit sans fleurs ni musique.

Tu t'es emparée de mes fleurs, en disant qu'elles allaient mourir de froid, qu'il fallait vite les réchauffer en les plongeant dans l'eau tiède. Je t'ai fait remarquer en riant que c'était le meilleur moyen de les faire mourir définitivement, qu'elles étaient encore glacées et ne se conserveraient que dans de l'eau très froide.

Nous avons ri tous les trois. Un moment de grâce pour commencer la nouvelle année. Je m'amusais de ton idée saugrenue. Tu te moquais de ta propre naïveté et ta mère riait de ta spontanéité, de ta gentillesse.

– Il y a encore des gens qui vendent des fleurs dans la rue à cette heure !... Cela m'étonne... a dit ta mère.

– Moi aussi, j'ai trouvé cela bizarre, cette marchande dans la nuit... et cela fait des années que je n'ai vu de saule argenté.

Vous avez échangé un regard plein de sous-entendus et tu m'as forcé à reconnaître que ces fleurs, je les avais achetées pendant la journée. À aucun moment je n'avais envisagé de passer cette soirée avec vous, mais je ne pouvais vous l'avouer ni vous parler de cette impulsion qui m'avait conduit ici.

Votre pièce n'était éclairée que par une ampoule très faible qui pendait du plafond. Tout y était sombre et seules les boules duveteuses du saule se détachaient dans l'obscurité. Elles semblaient flotter comme des flocons de neige immobiles. Une vision étrange.

– On dirait que les fleurs sont suspendues dans l'air, qu'elles n'ont pas de tige. Ce serait bien si c'était vrai, as-tu dit.

Tu avais eu exactement la même idée que moi et tu avais su l'exprimer. Cela me rendait heureux. J'ai répondu sans réfléchir :

– Il n'y a que la peinture qui puisse rendre cette impression.

J'avais ainsi spontanément défini l'essence même de la peinture : le réel transposé par la force d'une idée ou d'une impression.

Sur la petite table étaient disposés un plat de chou et de haricots frits, quelques « œufs de cent ans »*, deux saucisses et une assiette de raviolis farcis de ciboulette.

C'est dans ce quasi-dénuement que vous vous apprêtiez à affronter cette année nouvelle, aride et trop longue.

Tu t'es excusée de n'avoir pas de vin et tu m'as préparé un verre d'eau chaude sucrée,

* Œufs durcis dans un mélange de chaux et de paille, et pouvant se conserver ainsi très longtemps.

« pour faire le vin », as-tu dit. Comme vous n'aviez que deux bols, tu as rempli de riz une tasse à thé que tu m'as tendue. Il régnait une atmosphère d'intimité si douce qu'elle rendait dérisoire le souvenir de tous les banquets somptueux auxquels j'avais pu assister.

Après le dîner, je t'ai demandé de jouer du piano, juste ce soir, « pour fêter le nouvel an », ai-je insisté d'un ton suppliant. Tu m'avais raconté que ta mère t'interdisait de toucher au piano mais que tu jouais quelquefois en cachette. Au début, quand elle s'en était aperçue, elle t'avait tapé sur les mains avec une règle jusqu'à ce qu'elles soient tuméfiées. Puis elle avait cessé de te punir. Quelque chose dans ton jeu l'avait peut-être émue. Toujours est-il qu'à présent, quand elle rentrait et qu'elle t'entendait jouer, elle frappait à la porte pour te laisser le temps de fermer le couvercle du piano. Un accord tacite entre vous.

Il m'avait donc fallu un certain courage pour te demander de jouer, mais j'en attendais l'occasion depuis longtemps. Et l'atmosphère de ce soir semblait s'y prêter tout particulièrement. Je nourrissais le secret espoir de rompre le cercle morbide dans lequel vous vous étiez enfermées.

Tu as été prise de court. Tu as jeté un regard interrogateur à ta mère.

– Eh bien, vas-y, joue, a-t-elle dit.

Une réponse et un calme inattendus.

Tu n'avais plus qu'à jouer, sans anxiété pour une fois. Je n'avais pas imaginé une victoire si facile.

Mais tu sentais trop l'importance de ce moment. Tu étais très nerveuse : finalement, c'était la première fois que tu jouais devant ta mère et devant moi.

Tu as entamé *la Prière de la jeune fille*. Une véritable catastrophe. Tu jouais n'importe comment. Tu ne cessais de secouer la tête. Tes longues nattes se balançaient sur ton dos gracile. Tu respirais très fort, comme si tu cherchais de l'air. Tu étais complètement paniquée et ton jeu de plus en plus confus. Impossible de continuer. Tu t'es retournée vers nous avec un air désemparé, affolé.

Je n'aurais jamais dû t'imposer cette épreuve.

–Pourtant, elle ne le jouait pas mal ce morceau, a dit ta mère, c'est sans doute à cause de vous, vous l'intimidez…

J'ai levé mon verre d'eau sucrée refroidie et j'ai porté un toast :

–Je bois à tes dix-sept ans, à la femme que tu deviens…

–Et moi, je bois à… Mais quel âge vas-tu avoir ? m'as-tu demandé. Tu n'avais pas encore retrouvé ton calme.

–Ne crois pas qu'avec le temps tu vas me rattraper… J'aurai toujours douze ans de plus que toi et ta mère en aura toujours douze de plus que moi…

–Buvons donc aux deux plus jeunes de douze ans et aux deux plus vieux de douze ans !… s'est écriée soudain ta mère en levant à son tour son verre d'eau sucrée.

C'était la première fois qu'elle osait une plaisanterie. Toi-même, tu demeuras surprise. Nous avons ri ensemble. Quel soulagement…

J'ai alors pensé que toutes les conditions étaient réunies pour faire ce que j'allais faire. C'était le moment où jamais. J'ai posé mon verre, je me suis levé et j'ai décroché du mur la pendule arrêtée. Instantanément, vos expressions ont changé : vous avez eu toutes deux un air de souffrance indignée. Ton être tout entier protestait. Curieusement, je l'entendais protester. Quant à moi, j'avais très chaud et ma tête tournait, peut-être tout simplement à cause du vin que j'avais bu avant de vous rejoindre. Mais je me sentais obligé d'accomplir ce geste. À cet instant précis, quelque chose d'important pour vous était entre mes mains, dépendait de moi, et de moi seul.

J'ai commencé à tourner les aiguilles de la pendule sans cesser de soutenir le regard de ta mère. On aurait dit que cette pendule n'avait pas marché depuis un siècle. L'axe en était rouillé, les aiguilles étaient difficiles à tourner et crissaient affreusement dans le silence. J'ai ensuite remonté le ressort et votre pendule s'est remise en marche. Son tic-tac vigoureux a rempli toute la pièce. Ces aiguilles qui marquent les heures du destin ont repris vie soudain, comme un cœur qui recommence à battre.

Bien entendu, tu avais saisi le sens de mon geste. Tes yeux brillaient de larmes, ceux de ta mère aussi. J'ai détourné la tête, par pudeur, par respect pour votre émotion. En fait, c'était moi qui ne pouvait déjà plus contenir la mienne.

Nous nous tenions tous debout, avec de l'eau jusqu'à la taille. Nous regardions notre bateau s'éloigner peu à peu, ballotté par le vent et les vagues, des vagues énormes qui se formaient sans répit à la surface de l'océan. Finalement, nous l'avons perdu de vue et il a disparu, comme si les vagues l'avaient dévoré.

De toute façon, tôt ou tard, l'océan aurait fini par l'engloutir, inévitablement.

Nous nous sommes arrêtés de pleurer, d'un seul coup.

Je ne saurais dire si nous avons ressenti de la satisfaction à voir notre rêve réalisé ou un immense regret à en vivre la fin.

Je ne savais pas si nous avions bien fait de livrer notre bateau à l'océan rude et cruel, de hâter ainsi sa fin au lieu de le laisser reposer tranquillement sur la plage jusqu'à sa mort. Le doute m'obsède toujours.

Puis il y eut cet effroyable tremblement de terre. Notre maison fut complètement détruite. J'ai fouillé les décombres pour dégager mon père et mon frère. Ils étaient sains et saufs. L'avenue était jonchée de débris de briques et de tuiles, d'arbres déracinés et de poteaux arrachés. Les gens, terrifiés, fuyaient dans tous les sens.

J'ai couru jusque chez vous et là, je fus glacé d'effroi : votre maison n'était plus qu'un énorme tas de terre, comme une tombe, une grande tombe tranquille sous le ciel bleu et pur. Ce tertre était constellé d'éclats de lumière, des vitres brisées sans doute, qui reflétaient le soleil.

Le cœur cognant comme un gong, j'ai fait plusieurs fois le tour des décombres. Puis soudain, m'adressant à ce tas de ruines, j'ai hurlé ma douleur comme un fou. Un homme a couru vers moi. Il pensait que j'avais vraiment perdu la raison. Il m'a rassuré et m'a informé que les survivants de ce quartier avaient été rassemblés à l'hôpital de l'Est.

Je me suis précipité à l'hôpital. La grande cour était noire de monde. Sous le soleil violent s'exhalaient des odeurs acides de corps, de sueur, de médicaments. À l'intérieur était installée une antenne de secours provisoire. On y donnait les premiers soins, on y distribuait du pain et de l'eau. La vie redevenait possible. La grande grille de fer était fermée et bien gardée par quelques femmes qui interdisaient l'entrée à ceux qui n'étaient pas du quartier.

J'ai aperçu votre grosse voisine du dessous. Je l'ai tirée par la manche. Je lui ai demandé si elle avait de vos nouvelles. En posant cette question, je m'étais préparé à entendre une réponse qui me déchirerait. Votre grosse voisine m'a reconnu au premier coup d'œil et m'a répondu sans douceur :

– Elles ne sont pas mortes, elles étaient sorties.

Dans un moment pareil, elle me regardait encore de travers... Mais je l'aurais embrassée, votre grosse voisine.

– Mais où sont-elles, alors ?

– Je ne sais pas, elles sont parties tôt ce matin... Elles ne sont pas ici.

Elle s'est éloignée. Elle ne voulait plus s'occuper de moi, elle ne voulait pas voir mon soulagement.

Je ne savais où vous trouver mais il me suffisait de vous imaginer en vie quelque part. C'était déjà extraordinaire. Les décombres qui m'entouraient ne me paraissaient plus aussi tragiques. Vivants tous les trois!... Nous serions vivants tous les trois!

En longeant le mur de l'hôpital, je suis tombé sur une autre grille, cadenassée cette fois. Je m'en suis approché et miracle! je vous ai aperçues toutes les deux, derrière les barreaux, comme des oiseaux en cage. Je vous ai appelées. Vous vous êtes précipitées vers moi. Nous nous sommes regardés en silence, évaluant nos blessures. Vous n'étiez que très légèrement atteintes.

Tu avais eu une chance formidable. À la première secousse, un gros bloc de briques qui s'était écroulé près de toi en te frôlant la tête avait retenu une énorme solive qui aurait dû t'écraser. Tu t'étais retrouvée bloquée sous cette solive, dans un tout petit coin créé pour toi seule et plus précieux que tous les espaces au monde. Ce n'était pas ton heure pour mourir.

–Plus tard, il faudra retrouver ces briques, ce sont les briques les plus belles, les plus importantes du monde. On y gravera quelque chose en souvenir et on les gardera pour toujours, ai-je suggéré.

Vous m'avez souri ensemble et je me suis enfin senti apaisé.

–Plus jamais vous ne verrez notre petite chambre, a dit ta mère.

À ces mots, le ciel s'assombrit brutalement et devint pesant. Je revis tous ces moments passés au fil des ans dans cette petite pièce. Je n'eus plus envie de plaisanter.

À quelques pas, il y avait une marchande de fruits. En fouillant dans ma poche, j'ai trouvé de quoi vous acheter deux grosses pommes. Les barreaux de la grille étaient trop serrés et les pommes trop grosses. Je vous les ai passées en forçant. Elles vous sont parvenues abîmées et tout aplaties. J'avais l'impression de rendre visite à des prisonnières.

Lorsque je suis retourné chez moi, mon voisin m'a rapporté que ce matin-là, très tôt, deux femmes, une jeune et une moins jeune, étaient restées immobiles, main dans la main, sous le grand soleil, devant ma maison en ruine, pendant deux bonnes heures. Puis elles avaient disparu.

Je me souviens… L'océan avait disparu à l'horizon. Les rochers, ces silhouettes rudes et soudain figées, avaient perdu la vie jaillissante que leur apportait le déferlement des vagues à marée haute. Un silence de mort pesait sur la plage désolée, vidée de l'écume bondissante et tumultueuse des eaux. Pas un souffle d'air, pas un cri d'oiseau.

Ma vie serait-elle donc à l'image de cette plage déserte, solitaire, angoissante, imperceptiblement dénaturée, sournoisement vidée de sa vérité ? Ma vie serait-elle donc ce bateau desséché, fissuré, arraché à l'eau vive par cette plage qui s'était refermée sur lui comme un piège ?

Je sentais pourtant que dans toute vie peut émerger la lumière face à l'ombre et jaillir l'espérance et la force d'être ce que l'on est. Comment y parvenir ? Qui pouvait m'aider ?

Je suis retourné sur la plage de mon enfance. Il fait nuit. Des pêcheurs ont allumé un feu avec les planches d'un bateau. La lueur pourpre des flammes danse sur les barques de pêche, noires et immobiles. Tout est calme. La lune éclaire faiblement la grève. On entend monter au loin le grondement obsédant des vagues. Ne percevez-vous pas dans ce tumulte un murmure émouvant, un cri étouffé qui sonne comme un appel ?

Aujourd'hui, toute la matinée, j'ai dû accueillir des groupes de gens venus visiter mon atelier. Le plaisir que j'avais eu en me réveillant à la perspective de peindre avait été complètement gâché par cette bande de gêneurs. C'était fichu pour aujourd'hui. Qu'à cela ne tienne, le facteur venait de m'apporter un énorme tas de lettres et j'allais m'en occuper. Je me suis allongé sur le tapis et j'ai entrepris de les décacheter tranquillement dans l'ordre où elles se présentaient.

Il y avait des invitations, des demandes de dédicaces, de conférences et de discours d'inauguration, des recommandations, des commandes urgentes de dessins, puis des félicitations pour des prix et des distinctions que j'avais obtenus. Le succès en ce bas monde est toujours aussi redoutable…

Puis une lettre de toi, dans son enveloppe bleu clair. Tu avais toujours employé des enveloppes de cette couleur, une couleur apaisante et douce à mes yeux.

Tu m'y disais que tu avais soutenu ta thèse de recherche, que tu partirais bientôt en Autriche pour travailler avec d'autres chercheurs, que tu comptais y rester un an ou deux, peut-être trois. Tu disais aussi que ton départ était imminent, que tu n'aurais sans doute pas le temps de venir me voir. Tu me racontais tout cela, disais-tu, parce que tu pensais que cela me rendrait fier de toi. Puis tu me disais au revoir.

Tu avais donc déjà terminé tes études… Comment était-ce possible ? Je réfléchissais, j'essayais de remonter le temps depuis ton départ pour l'université de Shanghai et j'ai réalisé que cela faisait huit ans que tu étais partie ! Huit ans... Le temps était passé si vite, je ne m'étais rendu compte de rien. Je me souviens de cette fois où ta mère t'avait accompagnée chez moi avant votre départ définitif pour Shanghai. Vous étiez venues me dire adieu. Mais ce souvenir est tellement vague... Il se perd dans ma mémoire, il pourrait avoir vingt ans ou plus... D'ailleurs les souvenirs sont-ils des repères suffisants pour prendre la mesure du temps qui passe ? Tant de souvenirs inoubliables, si frais, si précis n'ont plus d'âge.

Avant que ta mère ne te rejoigne à Shanghai, tu rentrais ici pour les vacances et tu me rendais visite. Tu es venue me voir ainsi plusieurs fois, mais combien au juste...

Je me souviens simplement que tu ne restais qu'un court moment. Tu avais peur de me déranger, disais-tu. Tu m'écrivais aussi, mais rarement, par crainte que tes lettres ne m'ennuient.

Cette attitude réservée est fréquente chez mes amis. Pourtant je les invite chaleureusement, je suis heureux de les voir et je le leur fais sentir. Mais une distance demeure entre nous, qui nous sépare et nous éloigne. Parfois nous nous perdons de vue. À vrai dire, leur éloignement ne m'affecte guère, leur absence ne me préoccupe pas beaucoup et ne change rien à la place qu'ils occupent pour moi. Mais ils perçoivent sans doute mon attitude comme de l'indifférence et doivent penser que leur présence ne m'est pas vraiment nécessaire. Alors ils disparaissent de ma vie.

Les yeux fermés, j'ai cherché avec application à me rappeler tes visites. Je t'ai revue là, devant moi. C'était chaque fois la même scène qui revenait. Tu posais sur moi le même regard qu'autrefois, attentif et innocent. Et comme autrefois, tu demeurais secrète et silencieuse. Tu parlais peu, tu m'écoutais, tu hochais la tête, tu souriais doucement. Puis, soudain, tu me quittais. Pourquoi parlais-tu si peu ? Je ne savais rien de toi. Te suffisait-il donc de t'asseoir, de me regarder, d'écouter mon bavardage décousu et enthousiaste ?

Puis je me suis souvenu d'une fois où tu m'avais apporté un album rempli de photos de toi. Tu me l'avais offert. Où l'avais-je donc fourré ?

Et cette autre fois, mais quand était-ce… où tu m'avais invité chez toi et obligé à t'écouter jouer du piano. C'était encore *la Prière de la jeune fille* et tu l'avais de nouveau massacrée. Pourquoi avais-tu éprouvé le besoin de me rejouer ce morceau, surtout si c'était pour l'interpréter tout de travers dès le début ?

Je ne t'ai pas revue depuis que ta mère est

partie habiter Shanghai avec toi. Si seulement je pouvais me rappeler quand c'était… Depuis combien de temps, combien d'années ne t'avais-je pas vue ? Impossible de m'en souvenir.

Nous ne nous reverrons peut-être pas avant longtemps. Nous ne nous reverrons peut-être jamais. Tu avais terminé ta lettre par « au revoir ». Ces deux mots étaient retouchés, raturés et prenaient un relief inquiétant. Mais que signifiaient-ils ?

Soudain, j'ai pris conscience qu'avec ton départ une partie de ma vie allait disparaître. Je me suis senti dépossédé. Je t'ai écrit sur-le-champ en essayant de t'expliquer tous les sentiments qui m'agitaient. À la fin de ma lettre, j'ai buté, comme toi, sur ces deux mots, « au revoir », qui ont pris une allure lourde et incertaine.

Une semaine plus tard, je discutais chez moi avec un ami chef d'orchestre. Il avait dirigé la veille au soir le premier concerto pour piano de Tchaïkovski et j'avais assisté à ce concert. Nous parlions avec passion de cette œuvre en nous agitant comme deux jeunes coqs.

On a tapé doucement à la porte. Je suis allé ouvrir et je t'ai vue. Tu étais là, souriante sur le seuil. C'était toi, c'était vraiment toi…

Dans mon trouble, je me suis imaginé que tu étais venue voir ta mère. Puis j'ai réalisé que c'était idiot puisque vous habitiez toutes deux Shanghai.

Tu tenais contre toi, légèrement, un bouquet de saules blancs presque aussi grand que toi. Ton visage disparaissait à moitié derrière les fleurs duveteuses que tu embrassais. La couleur de ton tailleur gris se confondait avec les tiges du bouquet et le blanc de ton écharpe de laine angora se mêlait aux fleurs. Tu étais vraiment l'incarnation d'un saule en fleur.

Je t'ai vite fait entrer et je t'ai expliqué que nous étions en train de parler de musique, du concerto pour piano de Tchaïkovski, et je t'ai invitée à partager notre discussion.

Je t'ai débarrassée de ton bouquet que j'ai posé debout contre l'armoire. Tu t'es assise et nous avons poursuivi notre échange enthousiaste. Nous en étions au deuxième mouvement, à son thème bucolique, au calme profond qui s'en dégage, aux horizons lointains qu'il évoque, à la majesté de son rythme solennel… Cela nous a amenés à parler de la Russie, de la beauté mélancolique de ses paysages, puis de Tchekhov… Nous étions ivres de paroles. Mon ami sautait sur sa chaise, agitait les bras, secouait ses longs cheveux de romantique. Et moi qui ne connaissais pas la musique, je ne pouvais m'empêcher de l'interrompre pour exprimer mes impressions. Je lui prenais la main pour le forcer à m'écouter. Il me tapait sur l'épaule pour me faire taire et parler à son tour. Nous nous livrions à une véritable joute oratoire.

Pendant ce temps, tu étais sagement assise, silencieuse. Tu souriais doucement en me regardant.

Mon ami est parti déjeuner. Je l'ai accompagné jusqu'à l'ascenseur. En revenant, je t'ai trouvée debout devant la porte, bien emmitouflée dans ton écharpe.

– Mais qu'est-ce que tu fais ? Tu t'en vas ?

– Je prends le train de midi et demi pour Shanghai.

– Déjà !... Mais pourquoi faut-il que tu partes ? Quand es-tu arrivée ?

– Aujourd'hui, je viens juste d'arriver.

– Mais qu'est-ce que tu es venue faire ?

En disant cela, je me suis senti très troublé et inquiet.

Tu ne m'as rien répondu. Tu m'as regardé gravement, comme tu me regardais depuis toujours. Soudain, j'ai tout compris. Le cœur déchiré, je t'ai supplié :

– Non, non, ne pars pas, ne pars pas aujourd'hui. Il est déjà midi, tu vas rater ton train, reste un jour de plus, je vais changer ton billet.

– Je pars après-demain pour l'Autriche. Je ne

peux pas rester. Je suis venue en taxi, il m'attend en bas.

J'étais affolé. J'allais appeler l'ascenseur, quand tu m'as arrêté d'un ton suppliant :

– Non, non, descendons à pied. Comme ça, on aura le temps de bavarder un peu dans l'escalier.

Je t'ai suivie. Nous avions tant de choses à nous dire et si peu de temps pour le faire. Juste le temps de dire le plus important. Mais qu'est-ce qui était le plus important ? Qu'est-ce qu'on pouvait dire ?

J'habitais au dixième. Nous avons descendu tous les étages sans prononcer un mot. Il n'y eut que le bruit de nos pas désordonnés, que le bruit de nos pas... Ce bruit, je ne l'oublierai jamais.

Arrivée en bas, tu t'es arrêtée et tu m'as dit à voix très basse, sans te retourner vers moi :

– C'est trop tard, je ne peux pas renoncer à mes projets. Mais j'ai compris tout ce que tu as essayé de m'expliquer dans ta lettre, même les mots que tu n'as pas écrits.

Je suis resté comme un idiot sur le trottoir. Je t'ai regardée monter dans le taxi, t'éloigner, disparaître.

Je suis rentré chez moi. Je me suis installé devant le grand bouquet de saules blancs lumineux, en proie à une exaltation violente. Pendant plusieurs jours, j'ai vécu dans une sorte de transe difficile à décrire. Je n'ai ouvert à personne. Je n'ai pas touché à mon courrier. Je n'ai pas répondu au téléphone. Je suis resté enfermé, essayant de conserver cette atmosphère extraordinaire.

Puis un ami a forcé ma retraite. En voyant mon air étrange, il m'a demandé si j'étais malade. Non, non, je n'étais pas malade, mais qu'allais-je devenir ?

Un professeur venu d'Occident

Le professeur occidental invité par l'Institut des langues étrangères était d'une taille impressionnante, il avait un visage sanguin, des cheveux blonds ainsi qu'une grande barbe en broussaille qui lui mangeait la figure. Comme il mesurait plus de deux mètres, il devait se courber chaque fois qu'il passait une porte. On aurait dit qu'il la saluait avant d'en franchir le seuil.

Mais le plus étrange était son comportement en certaines occasions. En effet, chaque fois qu'il bavardait avec ses étudiants et que ces derniers plaisantaient, il restait de marbre. Cela ne l'amusait pas du tout. À croire qu'il n'aimait pas se divertir. Aucune expression sur son visage. En revanche, à d'autres moments qui ne semblaient drôles à personne, il partait d'un éclat de rire irrésistible, imprévisible. Il riait tant qu'il ne pouvait s'arrêter. Il était secoué comme un prunier par un rire énorme qui faisait se retourner les gens. Ses étudiants chinois se regardaient sans trop savoir quoi faire. Ils se demandaient si ce professeur n'avait pas un petit problème nerveux.

Les étudiants chinois sont dans l'ensemble très intelligents et très obéissants. Ils font immédiatement tout ce qu'on leur demande. Les élèves de cet Institut venaient de la grande banlieue ou de la campagne. Ils étaient mal dégrossis et quelque peu naïfs, manquant d'audace, craignant les sanctions qui risquaient d'apparaître dans leur dossier. Ils appréhendaient qu'une fois diplômés, notes, appréciations, classements... soient un handicap pour leur avenir.

Un jour, ce professeur étranger proposa un sujet de rédaction pour évaluer le niveau de ses élèves. Le sujet en était d'une extrême simplicité. Il s'agissait de décrire un lieu à l'intérieur de l'Institut en le critiquant tout en en faisant la louange. Le professeur lut le sujet et précisa qu'il devait être rédigé dans un beau style, élégant, lyrique et vibrant. Les étudiants écoutaient attentivement mais ne comprenaient pas vraiment ce qui leur était demandé. Ils ne voyaient pas comment on pouvait débiter des demi-mensonges ou des semi-vérités dans un beau style laudatif. D'autant que l'endroit à décrire était le réfectoire de l'Institut... Désireux de satisfaire leur professeur, ils étaient prêts à faire fi de la vérité, à écrire des inepties, à s'efforcer d'enjoliver le plus possible, à écrire un chant lyrique, une ode. Mais tout de même… Leur professeur voyait bien que le réfectoire était dans un état pitoyable, à la limite extrême du délabrement, une ruine. Pourquoi avoir choisi un tel endroit ? Quelques élèves exprimèrent prudemment leurs réticences et leurs doutes.

– Mais bien évidemment que ce sujet peut se traiter de la façon indiquée. Écoutez bien… leur dit le professeur en prenant un papier qu'il leur lut : « L'endroit le plus magnifique, le plus somptueux de notre Institut n'est pas le terrain de sport, ni les salles de cours. Ce n'est pas non plus ce petit jet d'eau entouré d'une plate-bande qui agrémente l'entrée. Non, l'endroit le plus remarquable de notre Institut est sans conteste le réfectoire. Ah, quel réfectoire ! Les vitres en sont si transparentes qu'on ne soupçonne même pas leur existence… »

Le professeur leva la tête et regarda ses élèves d'un air amusé.

– Vous voyez comme c'est drôle…

Drôle ? Personne ne comprenait. Personne ne trouvait ça drôle.

Le professeur poursuivit sa lecture : « Si par malheur vous faites une chute dans le splendide réfectoire de notre Institut, vous serez stupéfait de vous apercevoir que cette chute était salutaire car elle aura fait disparaître au moins la moitié de la poussière qui vous enveloppait. Si vous avez la chance d'être employé assez longtemps dans le réfectoire de notre Institut, vous ne serez pas prêt d'oublier à quoi ressemble une mouche… Autre avantage à mettre à l'actif de cet endroit exceptionnel : il y est sans doute né un certain nombre de vocations d'entomologistes, tant les insectes qui y pullulent sont intéressants à observer… »

Le professeur s'arrêta de nouveau. Il riait de bon cœur :

–Écoutez la suite, c'est encore plus amusant…

Les étudiants semblaient soudain avoir compris quelque chose. Ils souriaient timidement.

Le professeur reprit : « Les repas généreusement servis dans ce réfectoire sont d'une finesse remarquable, d'une abondance exceptionnelle et satisfont les plus gourmets, les plus gourmands et les plus gloutons. Il n'y a que dans ce réfectoire que l'on découvre à quel point la cuisine est un art délicat… Prendre un repas dans le réfectoire de notre Institut, c'est goûter la plus pure des nourritures spirituelles… »

À ce moment-là, les étudiants éclatèrent de rire…

Des gens tout simples

– Écoute, on dirait que quelqu'un frappe dehors…

– Qui pourrait bien venir à cette heure… c'est seulement le vent qui secoue la porte, a répondu ma femme qui cousait sous la lampe. Elle n'avait même pas relevé la tête.

J'ai quand même écouté très attentivement tous les bruits qui venaient de l'extérieur. On entendait le vent violent qui balayait le petit jardin, par rafales. Il y avait aussi le bruit sourd des paquets de neige qui cognaient les carreaux, et celui du plastique raide de glace, recouvrant la caisse à charbon, que le vent soulevait par intermittence. Et puis, de plus haut, venant du toit, on entendait se balancer et craquer, comme si elles allaient se briser, les branches du vieux sophora agitées en tous sens par le vent furieux.

En effet, qui aurait bien pu s'aventurer dehors à une heure et par un temps pareils ? La nuit était glaciale, il neigeait très fort et le vent était déchaîné. Des congères s'étaient formées autour de notre petite maison basse et nous étions presque enterrés. De plus, en ces années-là, les gens se fréquentaient fort peu.

En réalité, nous n'étions bien que tous les deux, ma femme et moi, à nous observer en silence, assis l'un en face de l'autre. Sur le petit poêle qui rougit, la bouilloire chuchote doucement. La lampe, sur la table, éclaire les mains de ma femme qui coud ainsi que la fumée de ma cigarette que je souffle tranquillement. Nous nous sentons si proches l'un de l'autre que nous n'éprouvons pas le besoin de parler. Peut-être aussi nous taisons-nous pour respecter les pensées de l'autre. Parfois, on s'imagine proches mais une immense solitude nous sépare. En ce moment, j'aimerais qu'un petit chat égaré gratte à la porte. Malheureusement, il n'y a que les flocons de neige qui se précipitent en tournoyant par les jointures et les fentes de notre maison délabrée.

–Toc ! Toc !

–Mais…

J'allais faire remarquer qu'il y avait vraiment quelqu'un qui frappait. Cependant, ma femme, qui avait déjà posé sa couture, était allée ouvrir. Je l'ai suivie. À cette époque de terreur collective, tout ce qui était inattendu était inquiétant.

La grande porte s'est ouverte. Dehors, dans l'immense champ de neige, se tenait une forme obscure et indistincte

– Qui êtes-vous ? ai-je crié.

L'homme ne m'a pas répondu. Il m'a écarté. Il est entré tout droit dans la maison. Nous avons refermé la porte de la cour et nous sommes entrés derrière lui. Interloqués, nous avons essayé de deviner qui était cet intrus qui s'imposait ainsi à nous. Mais il disparaissait sous des vêtements qui le dissimulaient totalement. Il avait un chapeau de fourrure, un passe-montagne, une écharpe, qui cachaient son visage, et un vieux manteau ouaté, très usé, qui l'enveloppait. Il était littéralement empaqueté. J'allais répéter ma question quand, de ce grand paquet, sortit une voix masculine rude et grave :

– Comment ? Tu ne me reconnais pas… ou tu n'as pas envie de me reconnaître ?

Au son de cette voix, sans réfléchir, sans un mot, je lui ai ouvert les bras. Nous nous sommes étreints vigoureusement. C'était mon copain, mon ami, mon vieil ami… Le visage enfoui contre son épaule, je frissonnais, je grelottais.

– Toi… Ils t'ont relâché ? Mais comment ?…

Il n'a rien répondu. Nous nous sommes

séparés et je l'ai regardé. Il a enlevé son passe-montagne. Ses joues étaient trempées. C'était peut-être de la neige fondue ou peut-être des larmes. Mais c'étaient plutôt des larmes : ses yeux en étaient remplis et sa bouche se crispait, comme prise d'une crampe.

Après avoir retrouvé son calme, il a levé la main, en disant :

– D'abord, donnez-moi quelque chose à manger... J'ai froid et j'ai faim !

– Bien sûr, bien sûr !

Ma femme et moi avons répondu la même chose en même temps.

J'ai allumé une cigarette que je lui ai tendue. Et nous nous sommes affairés.

Il restait du dîner deux petits pains cuits à la vapeur et un peu de chou haché que nous avons rapidement fait réchauffer. Ma femme a retrouvé, enveloppée dans un papier, une boîte de sardines que nous gardions précieusement pour les prochaines fêtes. Elle l'a ouverte et posée sur la table.

Pendant ce temps, j'ouvrais les portes et les tiroirs du buffet, espérant trouver quelque mets exquis et rare. Mais il n'y avait pas grand-chose. C'était comme si nous avions été pillés.

Malgré tout, au cours de cette recherche intense, j'ai réussi à récolter un « œuf de cent ans », quelques miettes de champignons noirs et un petit reste de vermicelles secs et jaunis. Dans une petite bouteille, il y avait aussi un fond de sauce d'écrevisse séchée et visqueuse.

Je n'étais pas fier du résultat de mes recherches. Pourtant ma femme eut un air de surprise ravie.

– Bravo ! m'a-t-elle dit en souriant, tout cela va me permettre de faire une bonne soupe !

Puis soudain, comme si elle venait de découvrir un trésor, elle me dit :

– Prends une paire de baguettes propres et sors des légumes de leur saumure, prends ceux du dessus, ils sont plus frais, et mets-les à dessaler un moment.

En attendant que les légumes que j'avais sortis aient l'acidité et la fraîcheur voulues, ma femme préparait une soupe. Au bout d'un moment, sur la table, il y eut, en plus de la soupe et des légumes, du chaud et du froid, un vrai repas.

– Voilà de quoi manger ! Dommage qu'il soit si tard et que tous les marchands soient fermés, dis-je à mon ami.

– Si j'avais pu mettre un œuf frais dans la soupe, cela aurait été parfait, dit ma femme qui avait du mal à contenir son regret.

Mon ami s'est débarrassé de son écharpe de laine usée, de son vieux manteau à la couleur indéfinissable, ni bleu ni gris, et d'une veste de laine trop serrée, effilochée par endroits. Son visage avait repris de la couleur grâce à la chaleur de la maison. Il a éteint sa cigarette, s'est frotté les mains en écarquillant les yeux sur ce repas improvisé. Son expression montrait une joie sincère mêlée de surprise. Il semblait enchanté, comme atteint d'une légère ivresse.

– C'est... C'est carrément un festin, un banquet... un vrai banquet, s'est-il extasié.

Ensuite, après avoir bu une grande gorgée d'eau, il a dit : « Bon, alors j'y vais... » Il s'est alors jeté sur le bol et les baguettes et s'est mis à dévorer goulûment, comme un tigre. La faim lui avait fait perdre toute retenue.

On aurait dit qu'il n'avait rien mangé depuis plusieurs jours. Il enfournait la nourriture à toute vitesse. Il ne prenait même pas le temps de mâcher. Mais il semblait éprouver une satisfaction formidable. La bouche pleine, il bredouillait, il gémissait presque : « Ce que c'est bon, mais c'est trop bon, c'est vraiment délicieux !... Notre repas fut englouti en un clin d'œil. C'était pourtant un repas des plus modestes, de la cuisine familiale élémentaire, presque pauvre. Mais c'était sans doute son premier repas chaud depuis très longtemps.

Ma femme, plus perspicace que moi, lui dit :

– Tu viens d'être relâché et tu n'es même pas rentré chez toi...

– J'ai entendu dire que ta femme était déjà... ai-je enchaîné.

Puis j'ai rapidement exposé ce que j'avais appris de sa situation.

Il m'écoutait, la tête penchée, et me dévisageait de son regard brûlant. À mesure que je parlais, son expression changeait, se durcissait. Il prenait un air froid et sévère. Je ne comprenais pas. Je ne le comprenais plus.

Ma femme, venant à mon secours, m'a interrompu :

– Mais, l'année dernière encore, je l'ai rencontrée, ta femme, devant les grands magasins !... Et il me semble avoir croisé ta belle-sœur, un jour...

Avait-il seulement entendu ? Il n'en laissait rien paraître. Il est resté longtemps figé et silencieux. Puis, avec un sourire amer, il a secoué la tête et nous a dit d'une voix basse et désespérée :

– Non... non, tu ne peux pas les avoir rencontrées...

Sa femme était-elle morte ? Avait-elle divorcé ? Disparu ? En tout cas, sa famille avait dû être brisée. Il ne restait que lui. Il était complètement seul. Qu'allait-il devenir ? Où pouvait-il aller ?

À ce moment-là, ma femme et moi ne savions plus quoi dire. Nous le regardions, décontenancés.

C'était à lui de nous raconter. Il fallait qu'il parle ! Il devait parler ! Autrefois, il nous aurait tout dit depuis longtemps. Visiblement, la vie l'avait transformé. Je l'avais connu franc, rude, généreux, direct. Avec ses amis, il ne gardait rien pour lui, il se livrait tout entier. Aujourd'hui, il me semblait qu'il se contrôlait. Qui aurait pu prévoir ce changement ? Après tout, son destin était banal. Alors, j'ai attendu... j'ai attendu qu'il parle...

Il a passé la main devant son visage comme pour chasser un tas de nuages noirs amoncelés devant lui. Puis il s'est ressaisi et nous a demandé d'une voix plus claire, plus nette :

– Vous n'auriez pas du vin ? J'ai envie d'alcool. Buvons un verre !

– Du vin ?...

Ma femme et moi sommes restés sans voix.

– Oui ! du vin !... Est-ce que ce bon repas ne mérite pas de s'accompagner de vin ?

Il s'est forcé à sourire, un sourire purement convenu. À l'évidence, il essayait de surmonter la tristesse et les chagrins qui l'avaient envahi tout à l'heure.

– Oui, il y en a, mais j'ai seulement du vin de Shaoxing dont je me sers pour la cuisine, dit ma femme. Nous, gens du Nord, n'avons pas l'habitude d'en boire.

– Mais c'est du vin, ça ira très bien, allez, buvons !

On le sentait si avide de boire un peu pour oublier, pour faire une pause…

– Voilà, j'espère qu'il n'est pas trop chaud, dit ma femme en apportant le vin.

– Non, non, c'est parfait, dit-il en se versant à boire.

– Pourquoi me laisser boire seul ? On ne s'est pas vus depuis deux ans, on est tous les trois vivants, assis ensemble, au chaud. Ce n'était vraiment pas évident ! Allez, allez, buvez avec moi…

C'était vrai, il fallait que nous fêtions ce moment. Nous étions assez émus. Nous nous sommes servis chacun un verre que nous avons levé. Le liquide doré oscillait sous la lumière.

J'ai eu soudain le sentiment que nous étions unis par le lien douloureux et fraternel de ceux qui ont traversé les mêmes épreuves, connu les mêmes malheurs et pour qui la chaleur de l'amitié partagée devient un élément essentiel de survie. Un sentiment doux et amer, inutile de le dire.

J'ai hésité avant de trinquer et j'ai dit :

– J'aimerais te souhaiter quelque chose… Mais que puis-je te souhaiter ? Je ne sais rien de ce qui t'est arrivé…

Il a rougi légèrement. Son grand visage un peu chevalin s'est ramolli. Il m'a semblé qu'il craquait, qu'il allait s'épancher et se livrer à nous de la façon la plus sincère. Mais non, il a continué à se taire. Il a observé la petite pièce misérable où nous vivions, l'habitation de gens pauvres mais incorruptibles. Il a regardé en silence les murs glacés et lépreux. Seule sa pomme d'Adam bougeait, comme s'il avait du mal à avaler. Puis il nous a regardés, ma femme et moi, avec une douceur et une tendresse infinies. Bien sûr, nous savions qu'il nous aimait mais pourquoi nous faire si peu confiance? Il a agité sa main libre et a dit d'une voix tremblante :

–Ne me demande rien, va… Ce qui compte pour moi, en ce moment, c'est que je suis là, avec vous… Y a-t-il rien de plus important? Alors buvons simplement à ce qui se passe maintenant…

J'ai hoché la tête sans rien dire pour lui montrer que je comprenais son humeur, que j'accédais à son désir.

Nous avons levé nos verres vers lui et nous avons trinqué. Le tintement léger de nos verres qui s'entrechoquaient dans le silence a donné à cet instant une résonance singulière.

Nous avons bu une grande gorgée. Le vin, ce n'est pas de l'eau. Il favorise l'exaltation des sentiments, le plus souvent.

J'observais mon ami. Il était devenu agité. Il tripotait son chapeau posé à côté de lui. Il l'a même posé sur sa tête, puis il l'a ôté. Il triturait nerveusement les boutons de son manteau. Puis il déboutonnait et reboutonnait sa chemise. Il se prenait la tête dans les mains comme s'il réfléchissait. L'instant d'après, il relevait la tête, son regard se perdait alors dans le vide ou se fixait sur moi avec une expression menaçante. Le vin aidant, il mourait d'envie de parler mais ne savait plus comment s'y prendre. Il était comme un ciel de pluie, avant que ne crève un nuage.

D'un commun accord, ma femme et moi l'avons encouragé à boire et à manger. Nous n'avions plus envie de savoir, nous n'avions plus envie qu'il nous parle. Il suffisait de l'en empêcher. C'était comme si nous tentions d'intercepter un poisson qui nous aurait glissé entre les doigts. Nous faisions, chacun de notre côté, maladroitement, tout ce que nous pouvions pour arrêter la parole de notre ami.

Soudain il nous a jeté un regard aigu. Il avait à coup sûr deviné nos intentions. Et il s'est calmé, il s'est détendu. Il est devenu presque paisible. Il s'est occupé à boire et à manger et répétait : « Ce que c'est bon… ce que c'est agréable… » en dodelinant de la tête avec contentement.

Je connaissais sa résistance à l'alcool. Je savais qu'il n'était pas ivre. Mais il était, comme nous, enivré par le courant qui passait entre nous, nous qui avions été séparés si longtemps et qui nous retrouvions comme avant, liés par cette amitié, sans aucune ombre. Pas la peine de parler finalement. Nous avions tous été écorchés par les épines de l'hypocrisie et de la cruauté. Nous le savions. Nous nous comprenions. À quoi bon en parler ? Ce moment était bien trop précieux. La vie est étrange : c'est lorsque nous traversons les pires épreuves, que nous connaissons les difficultés les plus grandes et que nous touchons au désespoir qu'elle nous fait goûter au miel le plus doux, celui de l'amitié.

J'ai offert une cigarette à mon ami. Et nous avons fumé tranquillement, sans rien dire, en souriant doucement. À travers le brouillard de fumée qui bleuissait lentement, nous devinions nos regards, nos sourires. Seul notre sourire complice donnait à cet instant son aspect délicieux. Il était chargé de tant de soucis, de tant de regrets, mais aussi d'apaisement, de consolation et d'espoir. Juste sourire devant les rêves détruits, les aspirations brisées, devant la folle stupidité du monde. Perdus dans nos pensées, nous avons essuyé furtivement une larme amère.

Les meilleures choses ont une fin. Au moment même où je pensais que notre rencontre d'aujourd'hui devait se terminer, mon ami a enfilé son manteau, remis son chapeau et s'est levé pour nous dire adieu. Nous savions qu'il devait partir. Il y allait sans doute de sa vie.

Dehors le vent soufflait toujours. Une neige dense tombait sur le sol qui gelait. Il faisait un froid terrible.

Devant la grande porte, où le vent glacé chassait la neige dans la maison, nous étions prêts à nous séparer. J'allais dire quelque chose mais il s'est empressé de m'arrêter d'un geste de la main. Il fallait vraiment que nous nous quittions. Il a relevé le col de son manteau et nous a jeté un regard satisfait, presque comblé, avant de s'enfoncer dans l'obscurité glacée et hostile.

Il ne nous avait pas dit où il allait.

Dans le froid et la neige, ma femme et moi sommes restés longtemps à la porte, longtemps après qu'il eut disparu.

La neige a très rapidement effacé la trace de ses pas. Il ne restait qu'une immense étendue blanche, comme s'il n'était jamais venu.

Pourtant, c'était lui, c'était bien lui. Et il nous avait laissé un vide aussi riche, aussi plein de sens que la neige intacte et lisse l'était devenue pour nous.

Grand Jaune

Il venait de prendre sept buts ! Sept buts ! Da Huang, le gardien de but de l'équipe de foot, était une passoire, une vraie passoire ! En réalité, il s'appelait Hei, « Noir », mais tout le monde l'appelait Da Huang, « Grand Jaune », à cause de son maillot. Il ne portait que des maillots jaunes.

Au début de l'année dernière, avant un match contre l'équipe de Turquie – une sacrée bonne équipe –, il avait acheté un nouveau maillot, jaune fluorescent. Une matière nouvelle. Il ne ressemblait à aucun autre. Il était aussi lumineux qu'une lune d'automne. Et sur le gazon vert émeraude du terrain de foot, on ne voyait que lui. De loin, Da Huang avait l'air d'une petite flamme frémissante.

Le marchand de vêtements de sport, qui connaissait son surnom, lui avait dit en souriant :

– Avec ce maillot-là, tu ne prendras pas un seul but, je te le garantis !

Le fait est que le vendeur ne lui avait pas raconté de blagues et que ce maillot lui portait chance. Pendant le match contre les Turcs, il avait arrêté dix buts et pas des plus faciles… Un miracle !… Un journaliste sportif lui avait envoyé une photo en couleurs qu'il avait prise pendant le match. Une photo formidable. Il avait l'air d'un faucon doré qui fondait sur sa proie, un pauvre petit oiseau blanc et rond. Il paraissait aussi léger, vigoureux, vif et élégant qu'un rapace.

Il était intimement persuadé que c'était à son nouveau maillot qu'il devait son succès et sa réputation. D'ailleurs, par la suite, et cela ne pouvait être un hasard, il n'avait pas encaissé un seul but. Il était absolument certain que ce maillot était un talisman qui le protégeait et lui apportait la victoire. Il lui suffisait de toujours le porter pour gagner. Il n'avait donc pas vraiment abandonné l'entraînement mais il y mettait moins d'application, forcément.

Un jour où le temps était très humide, son fameux maillot, qu'il avait lavé la veille, était encore tout mouillé. Le match allait commencer… L'idée de jouer sans son maillot était à peine supportable. Il était tellement angoissé qu'il avait essayé de le sécher avec un éventail. L'entraîneur et ses coéquipiers lui avaient dit et répété en rigolant que cela ne servait à rien. N'empêche… Il avait joué sans son maillot et il avait pris des buts. Et c'étaient des balles tordues, diaboliques, insaisissables, des boulets qui lui passaient en tourbillonnant entre les jambes, sous les bras, au-dessus des épaules, de la tête et qui atterrissaient l'une après l'autre au fond des filets.

Après le match, l'entraîneur lui avait conseillé :

–Jette ce maillot ! C'est pas à cause de ton maillot que tu gagnes ou que tu perds… Tout ça, c'est dans ta tête… Tu n'arrêtes pas de penser à ton maillot, tu crois qu'il va faire des miracles et tu ne te donnes même plus la peine de t'entendre avec la défense…. Entraîne-toi un peu plus sérieusement, tu ne t'entraînes pas assez… Tu verras, rien n'est joué d'avance ni aussi fatal que tu l'imagines… C'est vrai dans tous les domaines, tu sais…

Il n'avait pas cru un mot de ce discours. Son maillot avait un pouvoir magique, il en était convaincu. Il n'y avait qu'à voir ce qui s'était passé pendant le match contre les Turcs…

Et pourtant, même avec son maillot, il venait d'encaisser sept buts. Pour un goal, c'est la honte, l'humiliation ! Il était triste, confus, désemparé, mortifié… Mais, en pensant à ce qui venait de se passer, il ne pouvait s'empêcher de trouver qu'il y avait quelque chose de pas très normal dans toute cette histoire. D'abord parce qu'il n'avait jamais laissé passer autant de buts dans un match de deuxième division, et surtout parce que les buteurs avaient l'air de shooter de très loin en prenant tout leur temps. Il avait pris un but, puis deux, puis trois... et, au septième, il avait réalisé que quelque chose clochait. Ça y est, il y était!... C'était à cause de sa défense, elle était au-dessous de tout. Les défenseurs ne faisaient pas leur travail et les buteurs adverses tiraient tranquillement sans être gênés. Voilà ce qui se passait... Il alla voir l'entraîneur pour se plaindre de cette défense inexistante, ce qui expliquait ses échecs.

L'entraîneur l'écouta bien posément et lui répondit en souriant :

–Je comprends que tu sois étonné, mais c'est moi qui leur ai demandé de laisser passer les balles exprès.

–Mais pourquoi, pourquoi as-tu fait ça?

Il n'en revenait pas.

–Pour que tu te rendes compte enfin que ce maillot ne te rend pas invincible... J'ai eu cette idée pour que tu puisses mesurer le pouvoir et l'efficacité de ton cher maillot...

Il était complètement dégrisé. Ce foutu maillot ne l'aidait pas! Quelle imbécillité, ce maillot! Il l'enleva, il le roula et il le jeta, d'un geste dédaigneux.

L'échange

Elle avait frappé si rageusement à la porte qu'elle l'avait ébranlée, puis elle était entrée. Son petit visage gracieux, déformé par la colère, elle avait traversé la pièce pour se planter devant le grand bureau où était assis Lü Guojun, l'entraîneur, et, sans lui jeter un regard, elle avait jeté sa raquette rouge sur le plateau de verre en disant, déterminée :

– Je ne jouerai pas le match de ce soir !

Dans un brusque mouvement de tête, elle avait rejeté ses cheveux brillants en arrière puis s'était retournée pour s'en aller.

Lü Guojun, saisi de panique, s'était levé en hâte pour la retenir.

– Mais, Hanbing, pourquoi ?

Elle s'était arrêtée et elle avait répondu sans même se retourner :

–Je veux bien jouer pour gagner mais je ne vais pas jouer pour perdre !

Et elle était restée là, debout, le dos tourné, attendant une réponse.

–Là… Là…

Lü Guojun, à court d'idées, jeta un regard affolé à Huang Hekuan, assis à côté. Mais ce dernier ne lui apporta aucun secours. Il avait l'air hébété comme s'il venait de se faire renverser par une voiture qui aurait pénétré dans le bureau.

Lü Guojun, excédé, à bout de ressources, s'écria :

–Mais tu te rends compte, c'est un match international !

–C'est ton affaire, pas la mienne !…

La réflexion de Lü Guojun n'avait pas apaisé la fureur de Hanbing. Contenant son indignation, elle se dirigea vers la porte en traînant les pieds.

Lü Guojun se précipita vers elle en criant :

–Vraiment, tu déconnes !

Mais Hanbing avait déjà claqué la porte. Ce claquement résonna si fort qu'il fit trembler les murs du bureau.

Huang Hekuan, le capitaine de l'équipe, semblait réfléchir, contrairement à son habitude. Il penchait sa tête aux cheveux poivre et sel. Malgré son air pénétré, ses réflexions ne le menèrent pas très loin et il conclut en jetant à Lü Guojun un regard dévoré d'anxiété :

–Si tu ne fais pas quelque chose, j'ai bien peur que Hanbing...

Mais Lü Guojun ne l'écoutait pas. Il s'était approché de la fenêtre et regardait le paysage immense qu'offrait cette magnifique capitale étrangère. Le bureau était au trentième étage. Il apercevait, nichés au milieu des arbres foncés, des toits de formes et de couleurs variées, blancs, rouges, transparents même, ronds, carrés, et d'autres aux dessins étranges. Il y avait aussi des églises, des ponts délicats, des lacs où se reflétaient les nuages et le paysage, puis un entrelacs d'autoroutes où couraient de petites voitures, comme des insectes. Et plus haut, dans la brume matinale étale comme une mer, plus claire à l'horizon, planait librement une nuée d'oiseaux. Lorsqu'ils volaient vers le soleil, leur silhouette s'assombrissait tandis qu'elle devenait phosphorescente à leur retour.

Au fond, Lü Guojun n'était pas vraiment captivé par ce spectacle. C'était pourtant la première fois qu'il quittait la Chine pour se rendre à l'étranger. Mais, en ce moment, son intérêt, sa curiosité, son plaisir de la découverte avaient disparu. Son esprit était à nouveau rempli de tous les problèmes qui le souciaient quotidiennement en Chine.

Un visage très maigre, aux yeux noirs vifs et rusés, repassait sans cesse devant ses yeux. Ce visage, il le haïssait. Il était comme une ombre dont il ne parvenait pas à se débarrasser et qui le suivait obstinément. C'était le visage de Ma Jufei, l'entraîneur de Hanbing. Tout le monde s'accordait à reconnaître la compétence, l'intelligence et la perspicacité de Ma Jufei. Mais Lü Guojun lui trouvait une expression sournoise et le jugeait calculateur, plein d'arrière-pensées. Quant à son sourire, mieux valait ne pas en parler...

Dans l'équipe nationale, il y avait toujours des hommes de Ma Jufei, tandis que les sportifs formés par Lü Guojun étaient très peu nombreux à avoir obtenu des places dans les compétitions importantes. La gloire des sportifs rejaillit forcément sur leur entraîneur. Ils peuvent les associer à leurs succès et les rendre presque aussi célèbres qu'eux-mêmes comme ils peuvent les maintenir dans l'ombre, pâles et insignifiants. Et depuis toujours le nom de Lü Guojun venait après celui de Ma Jufei. Le rêve de Lü Guojun était de supplanter Ma Jufei, de coincer enfin ce type à qui tout semblait réussir. Et, pour une fois, le hasard lui donnait l'occasion de faire ses preuves, de démontrer ses capacités, d'accéder à la gloire. Ce n'était donc pas le moment de se laisser obséder par Ma Jufei... mais de tout mettre en œuvre pour mener à bien ses projets.

Ses projets de gloire reposaient sur Yangge, une jeune fille du Nord qu'il avait découverte et formée. Un entraîneur est une sorte de jardinier. Il plante des fleurs et, dans le parterre, il y en a une qui s'ouvre et s'épanouit plus vite que les autres. Yangge était celle-là. Elle avait régulièrement progressé et acquis une véritable maturité. Les bonnes performances d'un sportif s'appuient sur un équilibre subtil entre l'âge, la technique et l'expérience. Et Yangge était au mieux de sa forme. Cette année, invitée à concourir pour la Coupe de Feitian, elle avait montré une incontestable supériorité. Elle avait remporté la coupe. Son nom, accompagné de celui de Lü Guojun, avait fait la une des journaux. Les éclats que jetait cette coupe brillante devaient marquer le début de la gloire de Lü Guojun. C'était la chance de sa vie. Ma Jufei avait dû s'incliner. Chacun son tour.

Malheureusement, à la même époque, Ma Jufei avait découvert Hanbing dans une école de sport en province. Cette fleur que Ma Jufei avait plantée n'était pas encore épanouie mais elle était sur le point d'éclore. C'était une très jeune fille à l'éducation rudimentaire, à l'air glacial. Au bout de six mois d'entraînement à Pékin, elle était devenue, de façon imprévisible, une adversaire redoutable pour Yangge.

Le sport demande une attention de tous les instants. Impossible de se détendre, de se reposer sur sa gloire. Dès la victoire de Yangge, Ma Jufei avait cherché à prendre sa revanche. Il n'était pas un confrère, mais un rival, rien qu'un rival…

À l'occasion de cette compétition internationale à l'étranger, la commission des sports avait nommé Ma Jufei chef de toute l'équipe en déplacement, tandis que Lü Guojun n'y allait qu'à titre d'entraîneur. Ma Jufei pensait que ce tournoi était une bonne occasion pour Hanbing de faire éclater son talent et de se faire connaître. Quant à Lü Guojun, il espérait que Yangge aurait la chance d'obtenir la médaille d'or et d'accéder ainsi à un rang international. Mais Ma Jufei était le chef : c'était lui qui prenait les décisions… Quelle tactique emploierait-il pour imposer sa volonté et avoir le dessus ?

Quelques jours avant le départ, Ma Jufei avait été victime d'une intoxication alimentaire assez grave. Il avait dû être hospitalisé. La commission des sports avait chargé Lü Guojun de le remplacer. D'un seul coup, à la faveur de ces circonstances, Lü Guojun était devenu l'égal de son rival. Il avait pensé à ce proverbe qui disait que la Providence donnait à chacun sa chance, à tour de rôle.

Avant de partir, il était allé à l'hôpital rendre visite à Ma Jufei. Ce dernier lui avait recommandé avec fermeté de faire la promotion de Hanbing. Mais, dans ses yeux noirs fatigués par la maladie, on voyait qu'il se sentait dépossédé de son projet parce quil était incapable de le réaliser lui-même et qu'il éprouvait de la méfiance à l'égard de son remplaçant.

De toute façon, avait songé Lü Guojun, on ne pouvait savoir à l'avance lesquelles de ces sportives arriveraient en demi-finale !... Aujourd'hui, il le savait : il restait Yangge, Hanbing et ce serait probablement cette Coréenne, Jinanshu, qui remporterait l'autre match. Elle rencontrerait donc Yangge ou Hanbing en finale.

L'étendue du jeu de Yangge, son tempérament solide, son expérience et ses capacités à s'adapter faisaient penser qu'elle était la plus capable de remporter la victoire sur Jinanshu, dont les *top-spins** étaient redoutables. Sans doute, Yangge battrait Hanbing parce que son niveau était supérieur et qu'elle était familiarisée avec la technique de sa compatriote. Mais, pour plus de sûreté, Lü Guojun avait chargé Huang Hekuan d'aller voir Hanbing pour la convaincre

* Coup offensif utilisé uniquement sur des balles longues.

de laisser Yangge gagner en demi-finale, enfin... de perdre exprès ! Cette démarche, qui lui semblait parfaitement justifiée, devenait la source de tous ses ennuis. Finalement, il enviait le sort de Ma Jufei, couché sur son lit d'hôpital, à l'abri de ces tracas !

Ce matin donc, Huang Hekuan était allé transmettre le message de Lü Guojun à Hanbing. Celle-ci était restée impassible. Elle n'avait pas dit un seul mot. Mais sa réponse, elle l'avait donnée quand elle était venue jeter sa raquette sur le bureau.

Sa réaction avait beaucoup surpris Lü Guojun. Il pensait que Hanbing savait se maîtriser, qu'elle aurait accédé à son exigence et que simplement, une fois rentrée en Chine, elle serait allée se plaindre à Ma Jufei, son entraîneur. Il ne comprenait vraiment pas les sportifs de cette génération : ils manquaient de docilité, de respect, ils étaient si rebelles... Maintenant, c'était à lui de jouer. Le geste de Hanbing méritait une sanction. Il fallait lui montrer qui était le chef.

–... si on ne peut plus contrôler les victoires ou les défaites, je me demande ce qu'on fait là !

C'était le fruit des dernières réflexions de Huang Hekuan. Cette phrase inepte prononcée sur un ton tragique sortit brutalement Lü Guojun de ses pensées encore confuses.

–Je sais ce qu'il faut faire! dit Lü Guojun en se redressant.

–Quoi?... Qu'est-ce que tu as dit? Qu'est-ce qu'il faut faire? répondit Huang Hekuan qui avait sursauté comme si on l'avait menacé.

–Ne t'inquiète pas... je vais te le dire, ce qu'il faut faire... Tu vas aller voir Hanbing et tu vas lui dire qu'elle doit jouer cet après-midi. Il n'est pas question qu'elle déclare forfait. Tu vas aussi lui dire qu'elle doit être réaliste, que, de toute façon, elle sera battue par Yangge mais qu'il faut qu'elle perde parce que Yangge doit garder toutes ses forces pour battre Jinanshu en finale et que je ne veux pas qu'elle s'use en demi-finale. Tu lui diras aussi que si elle persiste dans son refus je la renvoie en Chine dès demain!

Un champion vit dans un univers peu commun, fait de passions et de tension permanente. La compétition est au centre de son existence. Une vie de champion est à l'opposé d'une vie de sage ou de lettré. Le sage, dans sa retraite solitaire, recherche la paix intérieure et la sérénité. Il vit dans un monde harmonieux, sans conflit ni concurrence. Recevoir une récompense est le cadet de ses soucis. Tandis que le champion doit se battre continuellement pour rester au plus haut niveau. Coupes et médailles représentent la consécration de ses efforts. Au gré de ses victoires et de ses défaites, il obtient les faveurs ou la désaffection du public. Il connaît des joies immenses, des déceptions intenses. Quel sportif renoncerait à l'espoir d'obtenir une victoire ? Monter sur le podium, sous les ovations de la foule, est un moment d'exaltation suprême, de bonheur inégalable. Peut-être même est-ce le seul bonheur réel… Perdre l'occasion de vivre cet instant divin est aussi douloureux que d'être dépossédé d'un trésor.

Hanbing était couchée à plat ventre sur son lit, le visage collé à sa moelleuse couverture de coton. Elle essayait de détailler le motif abstrait du papier peint. Plus elle l'examinait, plus elle le trouvait confus. À l'image de toutes les pensées qui l'agitaient.

Elle pensait à Ma Jufei, à tout ce qu'il lui avait raconté sur sa vie de sportif. Il avait fait un parcours sans fautes et fini par gagner un championnat national. Sa carrière semblait toute tracée. Et c'est à ce moment-là que son père était tombé très malade. Il avait donc dû abandonner la compétition. Son rendez-vous avec la gloire était raté : le moment était passé. Il était retourné dans l'ombre et plus jamais l'éclat de la célébrité, doux comme un rayon de soleil, ne l'avait réchauffé. Il ne pouvait oublier ; il regretterait toute sa vie.

Hanbing pensait à son propre itinéraire. Elle s'entraînait depuis une dizaine d'années. La petite balle blanche avait frappé sa raquette des millions et des millions de fois. Elle avait connu des joies et des découragements, des satisfactions et des déceptions. Et enfin Ma Jufei l'avait découverte. Depuis six mois, elle était membre d'une équipe où la tension régnait et, aujourd'hui, elle était au cœur d'un conflit. Perspicace, elle avait perçu depuis le début la rivalité cachée qui régnait entre les deux entraîneurs.

Lü Guojun appréciait son jeu très près de la table et ses attaques rapides et directes. Mais il lui reprochait ses lacunes. Il aurait voulu qu'elle change complètement de technique. Ma Jufei, au contraire, pensait qu'elle avait déjà mis au point une méthode et qu'elle devait l'améliorer et la consolider. Il était certain qu'il ne fallait pas détruire le style qu'elle avait élaboré : cela aurait été nier des années de travail. Ma Jufei semblait plus positif, plus lucide que Lü Guojun. Mais si par hasard Lü Guojun avait quand même raison ?...

La technique du tennis de table se transformait si rapidement qu'on en avait le vertige. Elle savait que son jeu serait démodé dans deux ans.

C'était maintenant qu'elle devait développer sa technique, l'amener à la perfection et tirer profit de la situation. Sinon, elle retomberait dans l'oubli et deviendrait une sportive comme tant d'autres, sans notoriété.

Pour toutes ces raisons, elle devait se battre. Elle était possédée d'une rage de vaincre proche de la folie, une envie furieuse de tout renverser. Dans la foulée, elle avait battu sept ou huit adversaires. Aujourd'hui, elle faisait partie des quatre meilleures pongistes du monde. Elle devait gagner. Elle avait besoin d'étonner les autres mais aussi de s'étonner elle-même.

Qui aurait pu prévoir qu'elle aurait à se battre contre Yangge... Qui aurait pu imaginer que Lü Guojun lui demanderait de perdre exprès... et de perdre de façon naturelle!... Ce Lü Guojun n'était qu'un abruti, une pourriture... Aucune solution n'était acceptable. Même après son action d'éclat, elle ne se résignait pas à déclarer forfait, à renoncer à jouer. Et, par ailleurs, elle ne pouvait pas céder à Lü Guojun, se laisser battre, être une victime, souffrir en silence.

Une petite boule blanche et brillante courait devant ses yeux. Une balle de ping-pong...

À ce moment-là, le couloir retentit d'un grand rire et de propos grossiers :

–Ho! Ce mec qui fait le malin, avec ses

yeux de veau, on va lui casser une balle sur la tête et il…

Elle se retourna : deux filles se tenaient à sa porte. L'une était robuste, elle avait le visage ouvert, une expression vulgaire mais généreuse. Elle portait une tunique rouge, courte et légère, à col marin. C'était Yangge.

L'autre, élégante et réservée, dans un survêtement bleu et blanc. C'était Luo Xiaohui, responsable de l'entraînement.

Elles riaient toutes deux en la regardant, leur raquette à la main.

– Viens, on va s'entraîner… dit Yangge en agitant sa raquette vers Hanbing. Elle parlait comme un garçon, d'une voix forte et rude. Elle était loin d'être féminine.

– Non, non… Je n'ai pas envie, je me repose un peu, répondit Hanbing qui n'avait pas bougé de son lit.

– Flemmarde ! Tête de mule ! Allez, viens… dit Yangge qui s'approchait pour la tirer de son lit.

– Non, laisse-moi, je ne veux pas m'entraîner, dit Hanbing qui dégagea son bras et repoussa avec violence la main de Yangge.

Son visage était fermé, figé, et Luo Xiaohui, qui avait observé la scène, trouva étranges l'expression et l'attitude de Hanbing.

Quant à Yangge, elle n'avait rien remarqué. Son cœur était aussi rude que sa voix.

– Bon, si tu ne viens pas, nous on y va… dit Yangge en tirant Luo Xiaohui.

Puis elle se ravisa et, passant la tête par la porte, elle ajouta d'un ton affectueux et rigolard :

– Alors, c'est ce soir que je te mets une pâtée ?

En s'éloignant dans le couloir, Luo Xiaohui dit à Yangge en baissant la voix :

– Tu ne trouves pas que Hanbing a un drôle d'air ? Il y a quelque chose qui ne va pas…

– Mais non. Tu dérailles… Elle va très bien, elle est comme ça, c'est tout. Tu verras, ce soir, si elle gagne, elle aura retrouvé son sourire… répondit Yangge rassurante.

– Mais… Tu viens de lui dire que tu allais lui mettre une pâtée ! dit Luo Xiaohui pour la taquiner.

Yangge prit un air soucieux.

– J'ai dit ça mais ce n'est pas sûr, parce que j'ai très mal aux reins. Tu sais, hier soir, quand j'ai joué contre la petite Japonaise qui m'envoyait ces balles courtes, en faisant mes *flips* pour la contrer, j'ai l'impression que j'ai forcé et que je me suis fait une élongation, peut-être même une déchirure, parce qu'à midi la douleur s'est réveillée et j'ai dégusté… Aïe, aïe, aïe !… dit Yangge en se frottant les reins avec ses poings.

– Comment ? Qu'est-ce que tu racontes ? dit Luo Xiaohui qui avait sursauté.

– Et maintenant, j'ai encore vraiment mal, ajouta Yangge qui grimaçait de douleur.

– Mais il faut tout de suite aller voir le Dr Yan ! Tu as un match ce soir...

– Non, non, dit Yangge qui se tenait toujours les reins, on va d'abord s'entraîner, si je remue et que je m'échauffe, ça va certainement me faire du bien.

Elle avait un ton si convaincant que Luo Xiaohui céda. Elles se dirigèrent donc vers la salle d'entraînement.

Pendant ce temps-là, Hanbing, toujours couchée, ruminait : elle se sentait victime d'une machination. « Il y en a un qui m'ordonne dans le plus grand secret de perdre et l'autre qui a l'air absolument certaine de me battre et qui l'affirme devant une tierce personne. Je suis sûre qu'ils se sont mis d'accord derrière mon dos et que cela les fait rire ! »

La colère la fit se redresser. Elle était assise sur son lit quand Huang Hekuan entra. Il tenait à la main la raquette qu'elle avait jetée le matin même sur le bureau de Lü Guojun. Il avait l'air indécis. Seul son statut de cadre lui donnait un peu d'autorité. Il lui faisait vraiment pitié.

– Allez, entre, va...

Huang Hekuan s'assit sur une chaise à côté d'elle. Il resta silencieux un bon moment. Cette fille le terrifiait. Il savait que c'était stupide. Il traîna encore un peu puis cracha un début de phrase avec effort :

–Le match de ce soir, tu…

Hanbing lui arracha la raquette des mains et dit :

–Te fatigue pas, je le ferai…

Huang Hekuan soupira de soulagement mais Hanbing ajouta :

–Puisqu'il faut que je joue, je jouerai, mais je peux perdre ou gagner, je ne te garantis rien !

Lü Guojun était rongé d'inquiétude, obsédé par une idée fixe : que Yangge gagne, qu'elle soit impitoyable avec Hanbing, qu'elle lui inflige une défaite indiscutable.

Il fallait qu'il parle immédiatement à Yangge. Il la chercha dans sa chambre, à la salle d'entraînement, sans succès. Il finit par la trouver à l'infirmerie où le Dr Yan soignait l'équipe. Yangge était allongée sur le tapis de soins, par terre. Le Dr Yan, à genoux, la massait.

–Mon cher Lü, il serait préférable que Yangge ne joue pas le match ce soir, dit-il à Lü Guojun dès qu'il l'aperçut.

–Quoi ? s'écria Lü Guojun, qui avait l'air d'avoir reçu un coup de bâton sur la tête.

–Elle a une lombalgie aiguë. Je me demande

s'il n'y a pas déchirure des ligaments, répondit le Dr Yan, en continuant son massage. Il leva la tête vers Lü Guojun et ajouta :

– Plutôt grave…

– Comment est-ce arrivé ? rugit Lü Guojun.

Quand il était inquiet, il rugissait.

– Pendant le match d'hier contre la petite Japonaise, j'ai forcé un peu, je ne pouvais pas faire autrement. Tout à l'heure, à l'entraînement, la douleur est devenue insupportable. Docteur Yan, allez-y plus doucement, vous me faites mal…

– Mais tu es complètement folle ! Tu ne pouvais pas faire attention ?…

Lü Guojun serrait les poings nerveusement. Il avait envie de cogner sur quelqu'un.

Yangge réussit à répondre joyeusement malgré la douleur qui la tenaillait :

– Mais non, tu vas voir, ça peut être pas mal… Si je déclare forfait, Hanbing n'aura pas besoin de jouer contre moi et elle ira directement en finale !

– Non, non, ce n'est pas possible, il faut que tu joues ce soir. Docteur Yan, pensez-vous qu'en faisant un effort elle pourra tenir ? demanda Lü Guojun en regardant le docteur avec anxiété.

Le docteur lui jeta un regard choqué et incrédule.

– On ne peut pas toujours commander à son

corps. Si elle joue ce soir, elle ne pourra plus tenir debout après.

Lü Guojun était dans une fureur noire. Il ne pouvait pas l'exprimer. Il avait envie d'injurier la terre entière. Il avait monté un coup difficile. Et voilà que tout s'écroulait. Le destin lui était décidément défavorable. La guigne.

Il y avait des choses qu'il ne pouvait pas expliquer en présence du Dr Yan. Il demanda à Yangge de le rejoindre quand son massage serait terminé.

Il attendait debout dans sa chambre, impatient comme sur un quai de gare, quand Yangge entra. Il lui dit alors d'une voix sévère, chargée de reproches :

– Alors qu'est-ce que tu fais ce soir, tu joues ou pas ?

Yangge avait un peu peur de son entraîneur. Elle n'osait pas le contrarier :

– Ben... oui, je vais jouer, mais si j'ai trop mal c'est probablement Hanbing qui gagnera. Ce n'est pas de chance !

– Non, tu dois gagner et c'est tout ! dit Lü Guojun d'un ton qui ne supportait pas la discussion.

Yangge regarda son entraîneur qui était sur des charbons ardents. Il attendait un engagement ferme. Elle dit pour le calmer :

– Je sais ce que tu penses... Tu as peur que

Hanbing ne soit pas de taille à renvoyer les *top-spins* de Jinanshu. Mais ne t'en fais pas, j'ai mon idée et je te garantis que le championnat ne nous échappera pas !

Sa réponse n'avait pas satisfait Lü Guojun. Comment pouvait-elle comprendre son ambition déçue et mesurer son inquiétude ?

Lü Guojun réfléchit un moment, puis il se mit à tenir un discours d'une voix profonde qui se voulait chargée d'émotion, de force et de conviction :

– Yangge, il faut que je te parle à cœur ouvert, que je te dise des choses que je ne t'ai jamais dites… Tu n'as pas l'air de te rendre compte des réalités. Tu as déjà vingt-deux ans. Si tu ne mets pas le paquet maintenant, tu le regretteras toute ta vie… Crois-tu que tu auras d'autres occasions comme celle-là ?

Il parlait sans regarder Yangge qui allait ouvrir la bouche pour donner son point de vue. Il continua donc en changeant de registre et se fit plus sec et définitif :

– Si tu cèdes le terrain maintenant, cela revient à laisser la victoire à Jinanshu. Hanbing est absolument incapable de gagner.

Yangge commençait à s'énerver :

– Tu ne comprends pas, je souffre vraiment… J'ai réussi à faire le match d'hier soir, je ne sais pas si je pourrais faire le prochain… Quant à la finale… En plus, je ne vois pas pourquoi Hanbing n'aurait pas ses chances !

Lü Guojun se prit la tête dans les mains et il la supplia :

– Toi et moi, c'est la même chose, on est solidaires. Tu dois jouer, tu dois gagner. Ma vie dépend de ta victoire. Tu dois gagner pour moi. Tu comprends ?

Silence. Pas de réponse.

Yangge observait la tête penchée de son entraîneur. Il y a encore quelques années, ses cheveux étaient noirs ; aujourd'hui, ils étaient gris. Elle pensa que c'était toute l'énergie qu'il lui avait insufflée et tout le souci qu'il s'était fait pour elle qui les avaient blanchis. Elle n'avait pas le droit de le décevoir. Elle chercha son regard, ferma les yeux et fit un mouvement de la tête pour dire qu'elle cédait, qu'elle jouerait, qu'elle essaierait de gagner…

À ce moment-là, une douleur abominable la déchira. Elle se maîtrisa, mais elle n'eut pas le courage de se retourner pour regarder son entraîneur sortir.

La voiture filait à toute allure sur la voie rapide. La nuit tombait. Les lumières de l'extérieur éclairaient par intermittence les visages de

Lü Guojun et de Huang Hekuan, des visages graves et soucieux.

–J'ai entendu le Dr Yan dire que Yangge avait une élongation assez importante, c'est vrai ? demanda Huang Hekuan.

Lü Guojun fit une pause avant de répondre. Il se délectait de l'odeur de cuir un peu douceâtre de cette voiture luxueuse. Puis avec un sourire froid, il dit :

–C'est vrai, mais ce n'est pas trop grave, elle peut jouer. De toute façon, comme Hanbing ne consent pas à perdre, elles devront se débrouiller entre elles. Mais ça ne nous laisse pas beaucoup d'espoir pour la finale, demain…

–Mais qu'est-ce qu'on peut faire ? demanda Huang Hekuan désemparé.

–Il n'y a rien à faire… Mais ce qui est sûr, c'est que la protégée de Ma Jufei quittera l'équipe si elle n'obéit pas aux ordres !

Puis il tourna la tête pour regarder par la fenêtre comme si toute cette affaire ne le concernait plus.

À ces mots, Huang Hekuan comprit soudain que l'origine de toute cette histoire reposait sur l'animosité qui régnait entre Lü Guojun et Ma Jufei. Quelle découverte il venait de faire !… Toutes ces intrigues destinées à s'évincer les uns les autres étaient courantes en Chine. Il avait cru qu'à l'étranger elles seraient gommées. Il regrettait cette situation. Dans une équipe, il est essentiel de se serrer les coudes pour réussir. Les jalousies et les rivalités peuvent anéantir en un instant des mois ou des années d'efforts.

On était arrivé au palais des Sports. Le match allait bientôt commencer. Pas le moment de remuer tout cela. Huang Hekuan hochait la tête en silence. Il avait le cœur lourd d'amertume.

À l'étranger, en général, tout est inhabituel, y compris l'atmosphère des tournois. Yangge et Hanbing s'étaient changées au vestiaire. Elles portaient le même survêtement rouge tout neuf. L'équipe des dirigeants et des entraîneurs avait pénétré en groupe dans le grand hall. Les joueuses furent rapidement entourées d'une foule de journalistes. L'un d'eux, particulièrement grand, demanda à Yangge dans un chinois approximatif : « Dites-moi, à votre avis, laquelle de vous deux va gagner ? » en même temps qu'il approchait un micro de la bouche de Yangge.

Yangge, qui semblait avoir l'expérience de ce genre d'interview, mit la tête de côté en faisant un sourire espiègle et s'en sortit par une pirouette :

–Je ne sais pas, mais je peux vous assurer que c'est une Chinoise qui va gagner !

Les journalistes, d'abord légèrement étonnés, partirent ensemble d'un grand éclat de rire. Ils appréciaient ces reparties habiles et pleines de bon sens.

Le grand journaliste haussa les épaules et tourna son micro vers Hanbing dont le petit visage ravissant était toujours aussi énigmatique. Il la dévisagea avec une attention ironique et lui demanda :

– Et vous, votre avis ?

Hanbing, prise au dépourvu, répondit :

– Je suis du même avis que Yangge.

Le journaliste se tourna alors vers Lü Guojun. Contre toute attente, Lü Guojun reprit à son compte la plaisanterie de Yangge :

– C'est une Chinoise qui va gagner, aucun doute possible.

Tout le monde rit, Lü Guojun aussi. Et même le visage de Huang Hekuan s'éclaira d'un sourire furtif.

Puis chacun retourna à sa place. Les entraîneurs allèrent s'asseoir. Les arbitres et les juges prirent position. Les gradins étaient bourrés à craquer. Pas une place libre. Le palais des Sports résonnait des voix des spectateurs. Les championnes s'avancèrent et leur apparition déclencha des applaudissements, des acclamations et des cris de joie. L'assistance agitait des fanions multicolores, des petits drapeaux et des banderoles où étaient inscrits des slogans et des encouragements. Ces visages innombrables, groupés derrière les lumières, faisaient une grande masse sombre qui semblait familière : c'était le public. Mais cette foule si proche et si chaleureuse n'était au fond constituée que de gens inconnus, anonymes…

Au centre, la table verte avec son filet neuf.

Un haut-parleur annonça le nom des concurrentes et le silence se fit. À ce moment, même le plus expérimenté, le plus mûr, le plus confiant des sportifs ressent de l'angoisse. Il a hâte que le match commence et souhaite en finir rapidement.

Hanbing, qui débutait dans les compétitions internationales, ne pouvait s'empêcher de passer nerveusement sa raquette d'une main dans l'autre et d'essuyer la sueur de sa main libre sur son pantalon.

Yangge, debout à côté d'elle, lui dit soudain :

– Fais bien attention et essaie de me renvoyer des balles courtes…

– Quoi ?…

Hanbing avait entendu mais elle n'avait rien compris. Elle était trop occupée à calmer les battements de son cœur et était incapable de réfléchir. De plus, elle ne cessait de se demander de quel coup monté elle était la victime.

Yangge regarda passer une jolie fille robuste.

Un visage blanc et rond, des lèvres épaisses, des cheveux noirs très courts, des yeux brillants : c'était Jinanshu, la Coréenne. Au cours du match qui venait de se terminer, elle avait battu son adversaire à plate couture. Elle rentrait se reposer. Elle ne regarderait pas le match entre les deux Chinoises. Demain, elle serait en finale contre l'une d'elles. Elle semblait très sûre d'elle. Un petit sourire confiant, presque narquois, flottait sur ses lèvres. Il se passe souvent la plus subtile des batailles psychologiques entre deux adversaires. La confiance en soi n'est quelquefois qu'une feinte destinée à intimider l'autre, à le narguer. Même si on reconnaît la provocation, c'est insupportable.

Yangge dit trois mots à l'oreille de Luo Xiaohui, qui hocha la tête comme pour la rassurer. Puis Lü Guojun se leva pour parler à Yangge qui s'échauffait et il lui fit ces trois recommandations :

– Il faut que tu en finisses le plus vite possible, que tu imposes ton rythme et que tu ménages tes reins.

Yangge ne répondit rien et se dirigea vers la table.

Dès le début du match, Hanbing mit une énergie farouche sur chaque coup. Elle fronçait les sourcils, elle se mordait les lèvres. Son petit visage blanc et glacial avait un air de détermination féroce. Elle lançait et renvoyait à une vitesse extraordinaire. En la regardant, Lü Guojun savait qu'elle était décidée à battre Yangge. Il était furieux mais il n'avait pas le loisir de s'appesantir sur sa colère : son attention était tout entière absorbée par chaque coup de Yangge. Ce qui l'étonnait beaucoup, c'est que Yangge n'attaquait pas en retour. Elle se tenait à trois mètres de la table. Et, de sa raquette presque à l'horizontale, elle renvoyait des balles qui traçaient d'admirables courbes, pour finir par rebondir avec une forte accélération et partir dans une direction imprévisible. Lü Guojun ne comprenait pas bien pourquoi Yangge avait adopté cette tactique. Il est vrai que cela avait complètement décontenancé Hanbing. Cette dernière se dit que c'était Lü Guojun qui avait conseillé à Yangge de jouer ainsi pour la perturber. En effet, elle ne parvenait pas à bloquer les *top-spin* accélérés de Yangge. Elle faisait tout ce qu'elle pouvait pour les renvoyer mais ils avaient à peine touché la table qu'ils lui échappaient. La fureur la gagnait. Puisque c'était comme ça, qu'ils aillent tous se faire voir!... De toute façon, elle les détestait tous, elle détestait Yangge, elle détestait Lü Guojun et elle se détestait aussi!... Mais détester le monde entier, ça ne fait pas gagner. Il fallait qu'elle arrive à contrôler cette balle et elle n'y parvenait pas. Elle était complètement affolée. Elle perdit le premier set : onze à vingt et un. Un désastre. Et elle sentait que ce n'était pas fini, qu'elle allait recevoir une bonne leçon. Par trois fois, Luo Xiaohui lui avait fait des signes pour lui dire de d'envoyer des balles courtes. Elle avait compris mais elle n'y croyait pas. Et puis, elle était hors d'elle… incapable de maîtriser quoi que ce soit.

Yangge alla se planter devant Lü Guojun qui ne cachait pas sa satisfaction :

– Bravo ! Tu l'as bien eue, mais fais attention à tes reins.

Yangge ne lui répondit pas. Elle se tourna vers Luo Xiaohui et fit une grimace en montrant son dos.

– Tu ne vas pas abandonner maintenant ? demanda Lü Guojun.

Yangge eut juste un petit sourire.

Le deuxième set commençait. Hanbing avait réfléchi à la recommandation de Luo Xiaohui. Elle s'était calmée. Elle n'avait qu'à se concentrer sur la balle de Yangge et renvoyer une balle courte, la plus courte possible. Elle n'avait pas pensé que cette tactique bien appliquée aurait une telle efficacité. Elle n'avait pas vraiment compris tout ce qui s'était passé, mais le fait est qu'elle avait gagné le deuxième set avec un avantage de deux points.

– Tu aurais dû changer de jeu ! Tu n'as pas

remarqué qu'elle était arrivée à te contrer ? Il fallait changer ! dit Lü Guojun à Yangge.

–Hanbing s'est vraiment bien débrouillée. Si elle joue comme ça demain, elle battra Jinanshu, répondit Yangge en grimaçant un sourire.

Lü Guojun ne prêta aucune attention à sa réponse et lui recommanda encore une fois, instamment, de changer de tactique. Pourtant, au troisième set, Yangge ne changea rien à sa façon de jouer. Il semble parfois que, malgré la volonté et la technique du joueur, la balle a sa vie propre, qu'elle conserve une certaine autonomie. Là, c'était à Hanbing qu'elle voulait bien obéir. Celle-ci réussissait tous ses coups. Elle baladait Yangge. La foule des spectateurs la soutenait et poussait des hourras chaque fois qu'elle marquait.

Lü Guojun, le menton dans les mains, était pensif. Il n'arrivait pas à admettre que Yangge ait aussi mal réagi. Elle s'était pourtant bien aperçue que Hanbing avait trouvé le moyen de la contrer. Et elle ne cherchait pas autre chose... Elle aurait pu changer de rythme, de technique, faire des *smashes*, des *flips*... Mais non, elle gardait sa tactique initiale et se dépensait en pure perte. C'était incompréhensible. Elle n'avait jamais joué de cette façon. Il ne la reconnaissait pas. Soudain, ses gestes lui devinrent familiers : elle lui rappelait quelqu'un. Qui ? Jinanshu ?

Oui, elle jouait comme Jinanshu. Mais pourquoi ? D'un seul coup, tout s'éclaira comme s'il avait regardé au fond d'un pot et qu'il y avait trouvé la lumière : elle avait adopté le jeu de Jinanshu pour préparer Hanbing à la finale de demain, c'était ça.

Au troisième set, Hanbing avait largement battu Yangge. Lü Guojun, encore sous le choc de cette nouvelle défaite, cria d'un ton furieux à Yangge qui lui faisait un large sourire :

– Mais qu'est-ce qui t'a pris ? Tu l'as laissée gagner exprès ?

Yangge acquiesça par un hochement de tête. Lü Guojun ouvrit grand les yeux, ouvrit grand la bouche, comme s'il allait avaler Yangge d'une seule bouchée.

– Mais pourquoi ? aboya-t-il.

Yangge, tout en essuyant sa transpiration, répondit d'une voix lasse :

– Je souffre vraiment trop. Le dernier set va être très pénible pour moi et je ne pourrai pas faire la finale demain. C'est Hanbing qui jouera et il faut que je l'aide à gagner.

C'en était trop pour Lü Guojun. Il s'écroula sur sa chaise et ne dit plus un mot. Huang Hekuan le regarda, hébété.

Hanbing était allée rejoindre Luo Xiaohui et elle lui dit avec enthousiasme :

–Tu as vu... Tu m'as drôlement bien conseillée... Ça a marché, je l'ai vraiment baladée...

Après une courte réflexion, elle ajouta avec inquiétude :

–Et si elle changeait de tactique au dernier set ?...

Luo Xiaohui eut un sourire mystérieux et répondit d'un ton calme et rassurant :

– Ne t'en fais pas, elle n'en changera pas !

–Mais pourquoi ? Tu sais très bien qu'elle a les moyens de me battre !...

– C'est étonnant que tu n'aies pas compris qu'elle imitait exprès le jeu de Jinanshu, dit Luo Xiaohui en lui passant une grande serviette éponge pour qu'elle s'essuie.

–Mais pourquoi ? Pourquoi ?

–Pour te préparer à la finale de demain et que tu aies toutes les chances de battre Jinanshu, répondit Luo Xiaohui en souriant.

Hanbing repensa soudain à ce que lui avait demandé Yangge avant de commencer le match, mais elle avait encore des doutes :

–Donc, elle m'a laissée gagner...

Luo Xiaohui acquiesça.

–Mais pourquoi ? demanda Hanbing encore incrédule.

–Elle a une élongation et elle souffre beaucoup. Elle savait qu'elle ne pourrait pas faire la finale, aussi elle a décidé de t'aider à tenir tête à Jinanshu.

Hanbing était émue, et furieuse de l'être. Elle jeta sa serviette sur Luo Xiaohui et dit :

– Mais ça ne va pas, j'ai l'air de quoi, moi… ? Ce set, c'est moi qui la laisserai gagner !

– Écoute, tout le monde me reproche d'être trop bavarde et c'est sans doute vrai… Tu n'es pas censée savoir ce que je viens de te dire. Yangge n'aurait pas dû jouer ce match, elle y a été forcée. Elle…

Luo Xiaohui s'arrêta de parler, elle regarda autour d'elle comme pour chercher des mots vrais, forts, persuasifs. En montrant la foule des spectateurs à Hanbing, elle dit :

– Tu dois gagner, mais ce n'est pas pour toi, c'est pour eux tous, là…

– Qui ? Eux ?

Elle leva les yeux vers les tribunes. Elles étaient pleines de Chinois d'outre-mer. Ils étaient venus tous les jours s'asseoir là depuis le début du tournoi. Ils secouaient sans se lasser leurs petits drapeaux rouges fabriqués spécialement pour l'occasion en criant : « Vive la Chine ! Vive la Chine ! » C'étaient eux qui l'avaient acclamée chaque fois qu'elle avait gagné un match, qui l'avaient soutenue et encouragée. En regardant très attentivement, elle pouvait distinguer, au milieu de cette forêt de drapeaux qui bougeaient comme des flammes, des yeux innombrables pleins d'espoir et d'émotion.

Puis elle repensa à la réponse de Yangge au grand journaliste : « C'est forcément une Chinoise qui va gagner ! » et ces mots venaient faire écho aux acclamations de ses compatriotes. Alors elle comprit l'attitude de Yangge et les sentiments purs et sincères qu'elle cachait sous des dehors bourrus et un peu vulgaires. Yangge s'était montrée généreuse. Elle aussi, il fallait qu'elle apprenne la générosité, qu'elle la cultive sans restriction. Comme tout semblait simple, soudain. Et puis, il y avait tous ces regards fixés sur elle… Elle aurait pu découvrir cela plus tôt, toute seule. Mais elle était trop tendue et il y a des choses qu'on saisit mieux dans le calme, en prenant un certain recul.

En place pour le quatrième set. Yangge semblait ne pas maîtriser ses gestes. Ses moyens n'étaient plus à la mesure de ses intentions. Elle ratait ses coups. Elle était vite désarçonnée et transpirait abondamment. Elle avait été obligée de s'arrêter à plusieurs reprises pour s'essuyer. Hanbing n'osait pas envoyer des balles trop dures à rattraper. Elle hésitait avant de taper la balle. Yangge lui lançait alors un regard de reproche. Lü Guojun, enfermé en lui-même, regardait le match d'un œil distrait. Il s'en désintéressait.

Yangge demanda soudain au juge-arbitre la permission de s'arrêter un instant. Elle se précipita vers le Dr Yan et, retroussant un pan de sa tunique, elle le supplia :

– Vite, vite, un peu de pommade magique ! J'ai mal, j'ai mal !...

Le Dr Yan massa légèrement ses reins avec la pommade. Lü Guojun et Huang Hekuan, l'air accablé, observaient la scène.

Pendant les trois premiers sets, Lü Guojun était passé de la satisfaction à la perplexité puis à la fureur et à l'indifférence, mais il avait toujours gardé la conscience tranquille. Pourtant, à cet instant, la honte et le remords le prirent. Il se sentait coupable d'avoir forcé Yangge à jouer. Il aurait voulu lui dire quelque chose mais les mots ne venaient pas. Yangge le regarda sans comprendre.

– Entraîneur, si Hanbing joue comme ça contre Jinanshu, ça ira, hein ? dit-elle avec excitation à Lü Guojun.

– Quoi ?... Ah oui, oui, très bien ! répondit-il fort embarrassé.

Yangge brandit sa raquette avec satisfaction et retourna jouer. La pommade du Dr Yan n'avait de magique que le nom. Après seulement quelques échanges, Yangge rattrapa une balle de justesse et une douleur aussi aiguë qu'un coup de poignard lui déchira les reins. Hanbing ressentit cette souffrance presque en même temps que sa compagne. Elle la regarda, affolée. Yangge accomplissait la mission qu'elle s'était fixée avec un courage et une opiniâtreté extraordinaires. Mais elle était livide et ne cessait de se mordre les lèvres. À chacun de ses gestes, il lui semblait que des ligaments se déchiraient. Elle ne tenait plus debout. Elle cherchait sans cesse un appui sur un genou, puis elle se relevait et se remettait à genoux. Sa sueur dégoulinait et tombait sur la table. Mais elle continuait à faire semblant d'avoir de la force et parvenait à envoyer des balles qui stimulaient Hanbing. Ces balles blanches et pures qui lui arrivaient toujours d'un angle différent en sifflant comme le vent, c'était le cœur de Yangge… Une émotion douce et tendre submergea Hanbing, comme une marée. Elle se mit à pleurer, carrément. Il y avait aussi des larmes dans les yeux de Lü Guojun. Mais il se retenait parce que c'était un homme et que, depuis toujours, les hommes sont avares de leurs larmes. Ils ne veulent pas passer, aux yeux des autres mais davantage à leurs propres yeux, pour des mauviettes. Il suivait donc les échanges des deux filles et les acclamait en même temps que la foule.

Huang Hekuan, quant à lui, n'avait pu s'empêcher de pleurer. Il s'était senti emporté et étreint par un souffle violent et chaud qui l'envahissait, une force qui le dépassait. C'était bien cela, un courant auquel on ne pouvait résister, une émotion qui le transportait. Il savait de quoi elle était faite : c'était du respect et de l'admiration pour un courage et une générosité peu ordinaires. Mais, dans cette atmosphère exceptionnelle, ce sentiment envahissait tout son corps. Il ne put s'empêcher de repenser à tous les conflits qui avaient semé le désordre dans l'équipe. La situation semblait inextricable et, soudain, voilà qu'ils étaient réunis par des sentiments qui élevaient leur âme, comme ces vapeurs d'eau qui montent de la terre et se subliment pour former très haut dans le ciel ces merveilleux nuages changeants.

Avez-vous observé les nuages qui se baladent dans le bleu profond du ciel ? Avez-vous vu comme ils flottent parfois, minces et légers tels des voiles ? Parfois aussi, le vent les déchire et les lacère pour leur donner ces formes étranges qui nous font rêver. À midi, le soleil les inonde quelquefois d'un éclat si pur qu'ils ressemblent à des bateaux d'argent, éblouissants comme du cristal. À l'aurore, il les embrase de ses rayons pourpres et les enrichit de reflets multicolores.

Savez-vous d'où viennent ces nuages ? Non seulement de la mer, des fleuves et des lacs, mais aussi des étangs, des ruisseaux, des rigoles tortueuses, des mares, des canaux, des marais, de tous les creux remplis d'eau croupie. Cette eau-là aussi se sublime. Il vous faut comprendre la force étrange de la sublimation. Elle transforme un phénomène banal en un spectacle extraordinaire. Elle nous permet de jeter un autre regard sur un monde quelquefois médiocre.

Table des matières

Biographie

Feng Jicai est né en 1942 à Tianjin, dans la province du Hebei, où il vit toujours. Après ses études secondaires, il commence une carrière de basketteur. Mais il est forcé d'abandonner la compétition après un accident. En 1962, il rentre à l'école des Beaux-Arts de Tianjin, où il étudie le dessin, la peinture et la calligraphie. Emporté par la tourmente de la Révolution culturelle, ce n'est qu'en 1974 qu'il publiera son premier livre. En 1979, il est reconnu par le monde littéraire chinois et acquiert le statut d'écrivain professionnel. À partir de cette date, Feng Jicai ne cessera d'écrire. Il fait partie des écrivains chinois qui ont contribué au renouveau de la littérature de leur pays au cours des dernières décennies. Il a été traduit en anglais, en russe, en japonais, en italien, en français, en allemand et en hollandais. Certaines de ses œuvres ont obtenu des prix littéraires, aussi bien en Chine qu'à l'étranger. Parallèlement à sa carrière d'écrivain, Feng Jicai mène une carrière de peintre. En 1992, une grande exposition rassemble ses toiles à Pékin et, en 1993, il expose à Tokyo.

Dans la collection

Phobos, les mal famés, Abdelkader Amlouk, Kaïs Gachita, Laouari Haddadi, Mustapha Laoukiri, Karim N'mili, Mounir Toumi

Avec tout ce qu'on a fait pour toi, Marie Brantôme

Des gens tout simples, Feng Jicai

Le Phare de la vieille, Yves Heurté

L'Oisif surmené, Hervé Jaouen

Le Jour de la cavalerie, Hubert Mingarelli

Un été 58, Jean-Paul Nozière

Kiev 41, Babi Yar, Muriel Pernin

Achevé d'imprimer
sur les presses
de l'imprimerie Bussière
en août 1995.